銀座缶詰

益田ミリ

幻冬舎文庫

銀座缶詰

もくじ

画　益田ミリ

ほうれい線

わたしはイラストレーターなので、仕事上、自分の似顔絵もよく描くのだけれど、ここにきて「ほうれい線」について考えるようになった。ここにきてとは、40歳を過ぎてという意味である。

口の左右にハの字に入るほうれい線は、人物の年齢を描き分けるひとつのポイントでもある。長く線を入れれば年配の顔になるし、若者は何もなくつるんとしている。30代までは確実に描かなくてよいのだが、40代にも必要ないかなぁとわたしは思っている。

それなら、一体、何歳から入れ始めればよいのだ？

15年ほど前までは、仕事の依頼で「おばあさんを描いてください」と言われたら、その「おばあさん」は白髪で和服姿だった。猫など抱いてひなたぼっこ。だけど、今の時代にそんな絵を描いたらすぐにやり直し。ほうれい線は必要だけど、ピンクや紫のきれいな色のブラウス姿。染めた髪で颯爽と歩いている絵にしてぴったりという感じである。

そうなると、当たり前だけど下の層も若く描かねばならず、もはや、わたしの画力では、40代と30代の女性など描き分けられない。バストの位置を少し下げて加齢を表現しようかなぁと思うものの、なんだかそういうのも認めたくない往生際《おうじょうぎわ》の悪いわたし……。

別に30代と張り合っているわけではなく、上の世代がどんどん若くなっているせいで自分の年齢に実感がわかず、いつまでたってもほうれい線など他人事《ひとごと》の「女子気分」なのである。

もう、このまま自分の似顔絵にはシワを描かないでおこうかなぁ。

ベテランのイラストレーター大橋歩さんは、ご自身の似顔絵にほうれい線をお描きになっている。雑誌などでお写真を拝見するかぎり、似顔絵よりうーんとお若く見えるというのに！　なんていさぎよいのだろう、と思いつつも、わたしは女子顔の自分の絵から、ダラダラと離れられそうにない気がするのだった。

「ほうれい線」を、
いつ入れ始めるのかが問題です

インタビュー後記

仕事上、雑誌などのインタビューを受けることがある。新刊が発売になったときなどに声をかけてくださるのだ。ありがたいことである。

なのに、インタビューを受けた帰り道、いつも悲しい気持ちに襲われるのだった。言いたかったことと違ったなぁ。

放った言葉のひとつひとつを思い出すと、そのどれもが嘘だったように思えてくる。自分の心の中のことを、すべて正しく言葉にできる人なんているの？　いるのかもしれない。いないのかもしれない。わからない。だけど、インタビューの記事は、わたしの「正解」みたいになって、ひとり歩きしていく。

校正というものがある。

インタビューが活字になる場合、掲載される前に本人がチェックすることである。わたしはそれによく修正を入れる。「人が書いた文章を変更してもらうなんて失礼だし……」と昔は遠慮していたけれど、よくよく考えたらわたしの発言になるのである。こんな言い回しはしていない、言ったのと意味合いがすり変わっている、そう思ったら、変えてもらうようにしている。でないと、でたらめな自分ができあがってしまう。

新聞社のインタビューは校正できない。よくわからないけれど、なんか、そういうことになっているみたい。記者が書いたものが、そのまま本番である。後になって、こんなふうには言ってない！　と思っても時すでに遅し。そういうことがあると、二度とインタビューはやりたくないと、かたくなな気持ちになってしまう。

まだ20代の頃だった。

わたしの最初の本は川柳集で、３０００部印刷された。決して多くない数字である。その本が読売新聞の書評欄に出ると連絡があり、インタビューを受けることになった。駆け出しのわたしは、「本を出版した人は、みんな新聞社の取材を受けるんだなぁ」と思った程度で、さほど緊張もせず、ペラペラ好きなことを話した。

全国版に載ったその記事は、温かくて、優しくて、愛情のこもったものだった。新しい仕事もやってきた。

後日、記者に会う機会があったのでお礼を言うと、

「この人が世に出るといいなぁという願いを込めて書いたんですよ」

おじさんは笑った。

大阪弁のわたし

仲良しの友達と話しているときのわたしは、当たり前だけど、わたしが好きな「わたし」である。

でも、微妙に違う。ちょっとだけ足りてない。

大阪弁で話しているときのわたしが、わたしの好きな「わたし」に一番近いなぁとやっぱり思う。

15年ほど前に上京したとき、別にこだわることもないと思って、大阪弁を使うのはやめた。やめて、楽しかった。「あのね」とか「そうなんだ〜」などと言っている自分が、急におっとりとした優しい印象に変わった気がして面白かったのだ。

その感じが今もつづいている。今もどこかで楽しんでいる。話しながら、手渡された台本を読んでいるような感覚が消えないのだった。

それが気に入らないというわけではなくて、もう、このままのわたしでいくゾとも思うのだけれど、何年ぶりかで地元の大阪の友達に会ってしゃべると、あっ！　わたしの好きなわたしがいる！　とハッとするのだった。

「あのね」じゃなくて「あんな」、「そうなんだ～」じゃなくて「そうなんや～」。話すスピードも、東京にいるときより速いし、声のトーンももっと低い。それは、わたしのよく知っている、わたしだった。東京の友達に見てもらえないのが、ほんの少し物足りなくもある。

東京で出会った友達のほとんどは、地方出身者である。北海道、秋田、静岡、岡山、京都、香川、鹿児島……本当にいろいろ。けど、みんな標準語でのおつきあい。

わたし、きっと、この人たちの「好きな自分」には触れていないんだなぁ。

それは、東京出身の友達に対しては抱《いだ》かない、ほろ苦い感覚である。

そういえば、方言を持たない人って、方言を話してみたいって思うことがあるんだろうか？　いつも話している日本語とは違う日本語を持ってみたいと感じたことってあるんだろうか？

そんなことを「標準語」の頭で考えている、秋の昼下がりなのだった。

いっぱいあります。

毎日したいことがいっぱいある。

いっぱいあっても、全部はできないから少しずつやっている。

ついこの前は、やろうやろうと思っていたクローゼットの整理をした。かなりすっきりした。洗面所の下でごちゃごちゃになっていた化粧品入れの箱も整理した。嬉しかった。旅行もした。行ってみたかった宮城県の鳴子《なるこ》温泉。ぬるっとしたお湯が良かった。ついでにこけしの絵付けもする。満足した。しかし、行きたい場所はたくさんあって、知床《しれとこ》も、直島《なおしま》も、萩も気になっている。

ベランダのはき掃除もしたい。曇った窓ガラスも拭きたい。網戸の夏の汚れを落としたいし、白いコンバースを洗って太陽の下で干したい。

観たい映画もある。『大奥』。どんな感じなんだろう？　来週のレディースデーに行ければ、行こう。

読みたい本は日々たまってきている。今、一番気になっているのは、羽生善治《はぶよしはる》さんと茂木健一郎《もぎけんいちろう》さんの対談集『自分の頭で考えるということ』。わたしは将棋のことはてんでわからないのだけれど、羽生さんのたたずまいが大好きなので、本が出れば買って読んでいる。もう注文して手元にあるので、今夜から寝る前に少しずつ読もうと思っているところ。でも、綿矢《わたや》りささんの『勝手にふるえてろ』もまだ途中だし……。

食べたいものもいっぱい。今の季節は栗のデザートも食べに行きたい。そういえば、友達と着物を着ておいしいものを食べに行こうという約束もしていたのに、まだ実現していなかった。実現せぬ理由は、幹事の名乗りをあげたわたしがなんもしていないから……。早く考えよう。着物女子が集まって、『とらや』本店で和菓子とか食べるのもいいかもしれないなぁ～と思ったまま、まだ調べていない。2～3日中にやろう。

あとは、そうだなぁ。ワイヤーのブラジャーも手洗いしないと。うちでトン汁の会をしようと言ってまだやっていないのも気になるし、ボサボサの髪もカットに行かねば。

それから、それから、仕事もしたい。漫画の連載は忙しくなるから避けてきたのだけれど、やってみよう！　とひらめいて、年末から3本の連載を始めることにした。あとふたつエッセイの連載の依頼があって、魅力的なテーマだから心はぐぐーっと傾いている。そうだった、12月に幻冬舎から創刊の文芸誌『ジンジャーエール』でエッセイと漫画の連載がはじまるので、ついさっき漫画原稿を宅配便で送ってきたところだった。どんな本だろう、楽しみだなぁ。

まだまだ働ける気もする。けど、たぶん、このあたりでちょうどいい。家事も、余暇も、仕事も、生きていくうえでそれぞれが大切と思って暮らしたいのだった。

交換会

ねぇ、女子だけで、なにかおいしいもの食べに行こうよ！

という会が年々増えてきている。わざわざ「女子だけで」と言わなくても女同士で集まるのだけれど、その言葉を入れると妙にワクワクするのだった。

予約しておいたレストラン。みんなが揃って乾杯が終わると、必ずといっていいほど始まる女子の習慣がある。お土産の交換である。

「これ北海道のお土産、どうぞ」

「わたしは信州のお土産」

バッグの中からゴソゴソと包みを取り出し配りはじめる。

旅土産だけとは限らず、家の近所で買ったクッキーとか、実家から送られてきたお蕎麦、文房具売り場で見かけた一筆せんなど、あれやこれやでテーブルの上は大にぎわい。

大事なのは、いただいたものをすぐにカバンの中に入れてしまわないこと。目の前の品々をきっかけに、本日のおしゃべりがスタートするからである。

「ね、北海道、どうだった？　函館だっけ？　お寿司、食べた？」

「このクッキーの箱かわいいね、お店ってどのへんにあるの？」

まだ料理も来ていないのに、みんなしゃべりたい気持ちが先走って前のめりになっている。

ふと思う。男の人たちのグループは、一体、どんな話題からスタートするのかな？

お土産を交換しあっているふうではないのだけれど……。いや、いろいろ話すことがあるに違いない。大きなお世話だろう。

小学校の休み時間。

持ち寄ったきれいな折り紙を、女の子同士で交換しあうのが楽しみだった。大人になった今でも似たようなことをして楽しんでいる。教室の男の子たちは、同じ頃、スーパーカー消しゴムをボールペンのバネで飛ばして争奪戦を繰り広げていた。取ったり取られたりするより、交換のほうが確実なのになぁ。折り紙を丁寧に袋にしまいながら、子供のわたしは、ちらっとそんなことを思っていたのである。

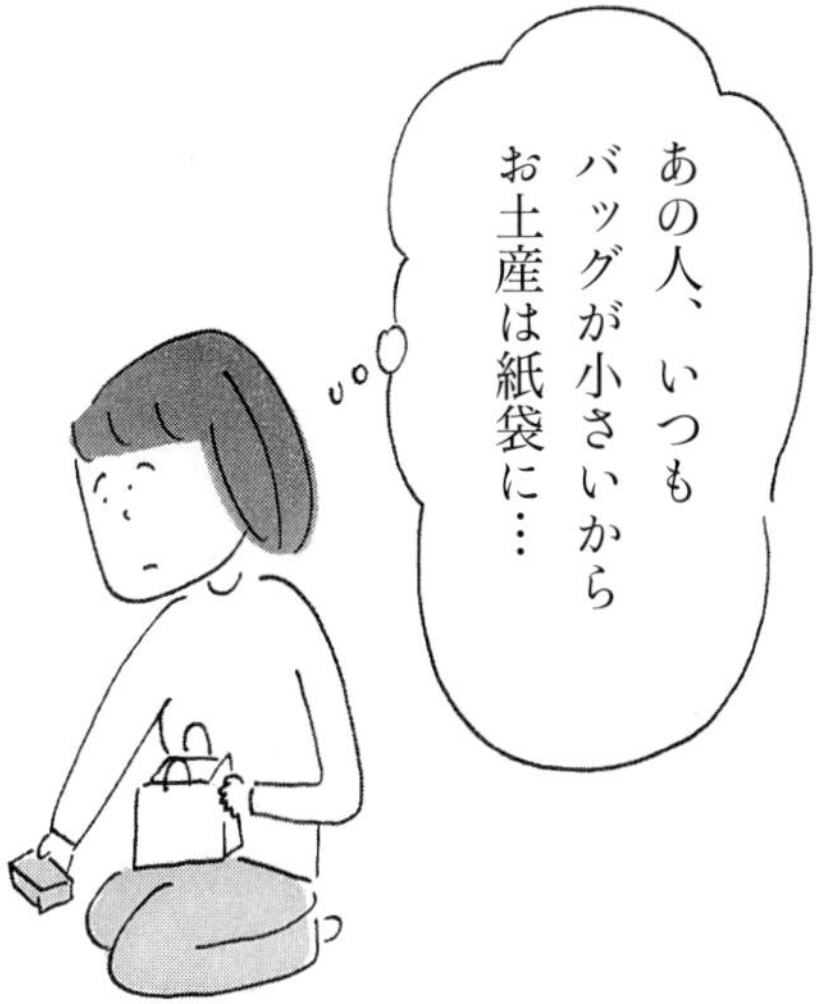
あの人、いつも
バッグが小さいから
お土産は紙袋に…

相手が持ち帰るときの
ことも考えます

予定を入れないデー

ここ2カ月ばかり、平日のほぼすべてに予定が入っていたので日中は家にいなかった。

予定の中には、友達とのランチとか、ピアノの稽古とか、咳《せき》が出て病院行くとかも入っていて仕事とは関係のないものもあるのだけれど、さすがに、こういう毎日がつづくと、ゆっくり考え事をしていないなぁと不安になってくる。

考え事は大切である。

たとえ小さくても、心にひっかかったことを自分の中で見つめる時間は必要だ。

たとえば、あの人にあんなふうに言うんじゃなかった、失敗したなぁと思うようなことがあっても、次々に予定が入っていると、まぁ、もういいか済んだことだし、ってなってしまう。

この「済んだことだし」と思う時間が早すぎると、同じ失敗や失態を繰り返すもの。

ひとりでじくじくっと後悔する時間をある程度確保しておかないと、人との関係も雑になっていく。

それはよくないなぁ。そんな雑な関係では、小さな揺れでくずれてしまう。

じゃあ、どうすればいいだろう？

そうだ、予定を入れない日を、あらかじめ予定に入れておけばいいんでないか？

わたしはカレンダーを机において、週に2日、予定を入れないデーを作ってみた。

1週間の中のこの2日は、考え事をしたり、腰をすえて仕事をしたり、ぼーっとしたり、本を読むための日にするぞ。もちろん、土日は別。基本的には土日は休むって決めているから。

一旦、書き込んでしまえば意外になんとかなるもので、

「その日は予定があって」

伝えれば、別の日になるものだった。

なるほど、これはいい。来年のカレンダーにも、もう予定を入れちゃおう！　わたしはペンを持って、しゅーっしゅーっと予定を入れない日を予定に入れた。これで大丈夫。簡単なことだった。時間というのは、どんどん過ぎていくものだけど、でも、

自分で作ることもできる。カレンダーをながめながら、妙にほっとした気持ちになっていたのだった。

ホスト役

今日は、わたしがお金を払うんだぞ！

目的地のレストランに向かいながら、強く自分に言い聞かせた。

その夜、わたしは、今度一緒に仕事をする知り合いをふたりの編集者に紹介するという立場だった。食事会を提案したのもわたしである。

「これからみんなでがんばりましょう！」

なんとしても、この会を成功させたい。なごやかな食事会にするのだ。

というわけで、何日も前からレストラン選びに奔走する。何料理がいい？　どんな雰囲気の店がいいだろう？　雑誌を見ているだけではわからないから、ひとりで店の前に行って偵察してみたり。仕事そっちのけになり、ついに夢でまで店探しをするように……。結局、くわしい人に聞いてイタリアンのお店の予約を入れた。ホッ。

そして、当日。

「益田さん、どうぞどうぞ奥へ」

と言われ、「あ、はいはい」と4人掛けのテーブルの奥に座ってしまったわたし。

お金を払う人は普通は上座は避けるのに、普段から編集者にそう言われると、まごまごするのも却《かえ》って時間を取らせるから悪いと、すすめられた席に着くようにしているクセが、うっかり。

やばい。このままではわたしのホスト役が奪われてしまう。

いや、まだ、負けたわけではない。わたしがお金を払う権利を握っていることを知らしめるために、

「こっちの高いほうにしましょう！」

コースの値段を強引に決定する。よし、大丈夫。これでみんなもわかってくれただろう。と思っていたら、すぐに風向きが変わった。ワインの銘柄を決める段階で、

「どれでも、お好きなものを召し上がってください」

編集者がするりとホスト役に転身したのだ。わたしはワインが飲めないので、もう

任せっきり。さらには、食事の後、どのタイミングでお金を払えばいいんだろう？と迷っていたら、さりげなく編集者がお会計を始めていた。

ああっ、今のタイミングだったんだ！

わたしが払いますっ、と慌てて言っても後の祭り。

4人で3万円くらいかな？と思っていたけど、カードを持っていないわたしは、念のために財布に6万円入れておいた。そのお金も出番がないまま。

食事会を提案し、レストランを選び、コース料理の値段を決め、最終的にはごちそうになっている。これって、大人としてというより、人としてどうなんだろう……。

帰り道、恥ずかしさのあまり歩道にうずくまりそうになる。まだまだだ。わたしって、まだまだだなぁ、と家路についたのであった。

深夜の自由時間

女3人で夜ご飯を食べた帰り道。

「ね、ちょっとスーパーぶらっとしていかない？」

「いいね、行こう、行こう！」

わたしたちは浮かれてスーパーに入っていった。みな未婚で、夜の自由時間はたっぷりある。

野菜、果物、お魚コーナーを見てまわり、乾物、ドレッシング、しょうゆ、味噌、お茶の棚まで。あれこれおしゃべりしつつ、立ち止まっては品定め。

「見て見て、このマヨネーズ、めちゃくちゃ高級」

「うわ〜、高〜い！」

「ね、見て、こっちの瓶のマヨネーズ、ピーターラビット」

「かわいい〜」

日々の暮らしの中で、それぞれ抱えている問題もあるわけだけど、わたしたちはキャッキャッと深夜のスーパーを楽しむこともできるのである。

それは、まるで高校時代の放課後と同じだった。

学校帰り、仲良しの友達と自転車で地元の繁華街へと繰り出した。ノートを買いたいという子がいれば、じゃあ、かわいいのを探しに行こうと、みんなでつきあう。ほら、これにしたら？　こっちのほうがいいんじゃない？　ノートを買うだけなのに大騒ぎ。そして、みんなと別れてひとりになれば、個人の心配事とも向き合っていた。

高校を卒業し、かれこれ25年。わたしたちは、あの頃の放課後のつづきのように深夜のスーパーで遊んでいる。ちっとも変わってないなぁ。と、言いたいところだが、

「このしょうゆ、おいしいよ！」

と教えられても、誰も自分の買い物カゴに入れようとしないところが中年なのだった。

「あら、おいしそう」

「ホント、ホント」

一応、興味を示しつつも、長年愛用している自分好みのしょうゆはやっぱり変えたくないのである。互いの歴史も認めつつ、大きな女子高生たちは家路についたのであった。

このマヨネーズかわいくない？
かわいい〜

バーバリーのトレンチコート

バーバリーのトレンチコートが欲しくなる。毎年、欲しいなぁと思っていたのだけれど、今年、思いきって買うことにした。

デパートに行き、バーバリーの店内に足を踏み入れる。

「すいません、トレンチコートください」

ここはもったいぶらず直球勝負である。若い女性の店員さんにどういうタイプがいいのかと聞かれ、どういうのがあるんですか？　と聞き返す。色は、キャメルと黒の2色なのだそう。

「それ、同じ値段ですか？」

「同じです」

うーん、どっちにしよう。長く着るならキャメルがいいですよと言われる。黒は色が少しずつ薄くなることもあるんだって。でもキャメルを試着したら似合ってなかったので、色は黒に決定。

それから、黒の中にも「シングル」と「ダブル」ふたつの型があるらしく、「ダブル」のほうがオーソドックスとのこと。初心者のわたしはオーソドックスが無難だろう。

あっという間に黒のダブルのトレンチコートに決まり、値段を聞いたら一着14万円ほど。高いなぁ。この先、30年は着ないと！　と心に誓う。

ついにトレンチコートを手に入れて、浮かれて帰りかけるが、待て待て、大事なことを忘れるところだった。

結び方である。

トレンチコートには、ウエストのとこにベルトが付いている。あれの正しい結び方を聞いておいたほうがいいのでは？

「結び方のレッスンして欲しいんですけど」

頼んでみたら、

「おまかせください。本店から伝わる正しい結び方をお教えします」

急遽、ベルト結び方教室のはじまりである。

「まずは、ここをこうやってですね、そうそう、そうです、その後、ここを持って、ここをこうして……」

わたしは店員さんの言うとおり、ハンガーに吊るしたコートで特訓。他にもお客さんがいたけれど、そんなのを気にしていたらとんでもない結び方で出歩くことになりかねない。

10分ほどで2パータンの結び方（本店認証）を拾得。お礼を言って帰るわたしの背中に、心優しい店員さんの声が響いた。

「結び方わからなくなったら、またいつでも来てくださーい」

「あ、はい、どうも」

ペコペコと頭を下げてバーバリーを後にしたのだった。

12月

「いつも同じ話をしてる」

子供の頃、わたしは大人たちの会話を聞くたびに思っていたものだった。

どうして、毎回毎回、似たようなことをしゃべっているんだろう？

父や母、ご近所さんや親戚一同。会話はいつも暑いとか、寒いなどとワンパターンである。そういう大人たちのことがずーっと不思議だったのだけれど、大人になるにつれて自分も当たり前みたいに取り入れている。たとえば、今の季節なんかはこんな感じ。

「いや〜、一年なんてあっという間ですよね〜、10月過ぎたあたりから転がるみたいに月日は流れ、気がついたら年末ですよ、お正月はご実家ですか？　ああ、そうですか、それはそれは、新幹線チケット取りました？　ああ、良かったです、仕事始めは？　ああ、そうですか、そういえば、年賀状もそろそろやんないとと思ってんですけどねぇ……」

今月に入って、この会話を何回繰り返したことか！

どうでもいいといえば、どうでもいい会話である。

だけど、そんなたくさんのどうでもいいような会話は、どうでもよくない会話のためにもあったほうがいい。どうでもよくない会話がキラッと引き立つ。

2010年、わたしは「どうでもよくない会話」をしたのかな？したと思う。

身近な人たちと大切なことを話した。仕事上でも何度か真剣に話す機会があった。

今、話すときだ！　という瞬間をのがさないことが、人との関係では大切だし、そういうときにのらりくらりするような人との付き合いは、おそらく不毛なのである。

年が明けると、わたしはまたまたどうでもいいようなことを話しはじめるのだろう。なんとなく想像はついている。だけど、来年もまた、誰かと大切な話ができるような一年になればいいなぁと思っているのだった。

アンアン

今、発売中のアンアンは本の特集号。『益田ミリさんの制作現場に密着！』ということで、わたしも登場している。

掲載号が届いたので、なるべく冷静な気持ちで開いてみることにした。

わたしの仕事部屋が載っているページを開く。わかっていたけど、華やかさがまったくない。なんだろう、このそこはかとないビンボーくささ……。いや、もちろん写真のほうが実物の部屋よりきれいなのである。カメラマンがかなり上手に撮ってくださった。だって、実際はこの写真よりうーんと殺風景なのだから。

せめて、仕事の椅子だけでもイームスみたいな存在感のあるやつにしておけばよかった!

見てから頭を抱える。わたしの椅子はＩＫＥＡで買った組み立て式である。

つづいて自分のファッションをチェックする。

うーん、イケてない。

自宅での仕事風景なのだから、よそいきみたいな服だと嘘になるし……と思い、いつも着ているシマシマのニットにしたら、当たり前だけどまったくオシャレじゃない。載るのは天下のアンアンである。シマシマはシマシマでも、もっとなんか、コムデギャルソンとか、マリメッコみたいなのを買ってくればよかったのではないか。後の祭りである。

次のページには、仕事の打ち合わせシーンが載っている。編集者と原稿を見ている写真が1枚あるんだけど、わたしのヘアスタイルはあきらかに張り切っている。それもそのはず、撮影のために美容院でセットしたのである。くりくりとカールしてもらい、後ろ髪はちょっと盛ってもらった。小さな写真だからよく見ないとわからないのだけれど、冷静になってみれば、そのがんばり具合が悲しいのだった。

もっと張り切ればよかったと思ったり、張り切りすぎだと思ったり。わたしは一体、どうしたかったのだ??

『益田ミリさんの制作現場に密着!』というタイトルの前には、小さく『人気作家』という文字が入っている。ものすごーく気を使っていただいていることをひしひしと感じつつ、実家に1冊、アンアンを買って送ってあげたのだった。

一番重要なこと

掃除機を買いに行く。

とても憂鬱なイベントである。

機械関係には興味がないし、なにを買うのがいいのか迷うのが面倒なのである。

今まで使っていた掃除機は、スイッチひとつで部屋の中をお掃除してくれる円盤型のやつ。楽でいいかなぁと思って去年2万円で買ったのだけれど、使いつづけているとブラシの部分が団子虫みたいにくるくるになってしまった。メガネをかけてよく見れば、ごみの吸い残しもちらほら。たぶん、わたしの手入れの仕方がなっていなかったのかも。というか、手入れ、してなかったし……。

そんなわけで、自動式ではなくて、自分で掃除する従来型の掃除機を買いに出かけたのだった。

渋谷の大型家電ショップ。

掃除機の売り場に行って係の人に説明を聞く。

「どれがいいですかね？」

漠然としているわたしに、

「お客さまにとって、なにが一番重要かが大事なんです」

と、きっぱり。なんだか人生について語り合っているような気になってくる。

わたしにとって一番重要なこととは？

よく考える。

人生なら、たぶん、愛？

掃除機なら、たぶん、簡単なこと？

今の掃除機は、ごみの紙パックを使用するものと、サイクロン型、このふたつからの選択なのだという。

紙パックは手入れは簡単だけど、紙パックを交換したり、買いに行ったりしなくちゃならない。サイクロン型は、ブラシを使って内部の手入れをする必要はあるんだけど、それは毎回じゃなくてもいいらしく、普段はボタンひとつでポイッとごみを捨てられるとのこと。うーん、どっちにしよう。考えた結果、「ボタンひとつでポイッ」に軍配があがり、お値引き価格のサイクロン型掃除機に決定した。

家に帰って早速使ってみたら、絨毯《じゅうたん》のゴミもよく取れた。ちょっと重たいのが難点だけど……掃除機に手芸店で買ったキョロキョロ「目玉」をふたつ付けてみたら、なかなかかわいい顔になった。そのまんまだけど、掃除機君という名前に決める。

Aコース

平均年齢40歳。女5人でランチを食べに行く。人気のレストランは女性客で超満員。店内には楽し気な笑い声があがっていた。

メニューを開く。一番安いAコースは1800円。前菜、パスタ、デザートとコーヒー付き。「これにしよう！」。値段の高い他のコースはちらっと見る程度で、5人とも迷わずAコースを注文。するとお店の男性が、

「今なら、お得な女子会コースもございますが、いかがですか？」

などと別のメニューを差し出すものだから、一同、「えっ？」と身を乗り出してしまった。見ると、女子会コースは2500円。野菜料理が1品多いようだった。

わたしたちは、しばし無言になる。せっかく流行っている「女子会」という名のもとで得をしたい！と思っているのに、一番安いコースより値段が高くなったらお得でもなんでもない。というのが、わたしたちの金銭感覚である。

「あのぅ、女子会コースじゃなくて、Aコースでいいです……」

もじもじと辞退した。

さて、そのAコース。前菜はワゴンから好きなものを3品選ぶことができた。わーい、どれにしよう？

みんなでウキウキしていたら、

「よろしければ、こちらで適当にチョイスしてお出しいたしますが」

と、お店の男性。混みあっている店内。5人それぞれが3品ずつ選ぶと時間がかかってしまう、と判断したようである。

しかしながら、わたしたちは「適当に、おまかせします！」と言えるほど、大人になってはいないのである。「自分で選びたいです！」と全員断っていた。大昔、学校帰りにドーナツショップでドーナツを選んだときのように、今だっておいしいものの前で迷いたいのだった。

「女子会」の流行が終わり、40過ぎの自分たちのことを女子とは呼ばなくなったとしても、わたしたちは、女子のかけらを胸に残したまま歳《とし》を取っていくような気がする。

「女子」は使っても、
さすがにこっちは
遠慮します

言う場合、言わない場合、それとも

たまにいる感じが悪〜い店員さん。ねばねばと後を引く、あのイヤな感じ。一体、どう対処すればいいのだろう？　いまだ正解がわからない。

つい最近もあった。ランチを食べようと店に入ると、女性スタッフが奥から出て来た。「いらっしゃいませ」とも言わないし、他に客もいないし、ひょっとしたらランチの時間が終わっているのかなと思い、

「まだ大丈夫ですか？」

って聞くと、真顔でひとこと。

「どうぞ」

言い方にトゲがある。

この人、なにを怒っているんだろう？

びっくりしていると、彼女は面倒くさそうに言った。

「だから、どうぞ」

だから、どうぞ……。こんな接客ってあるかぁ。わたしは腹が立ってきて、

「あ、やっぱりいいです」

上っつらだけの笑顔で言って店を出た。そして、すぐに後悔する。なんかひとこと、言えばよかった！　しばらくカッカッきていたのだけれど、他の店でランチを食べたら気分も落ち着いてきた。

同じ日、贈り物のお菓子を買おうと立ち寄った店で、またもやレジの女性の感じが悪い。とにかくムスッとして投げやりな態度なのである。なのに、隣のレジにいる男性従業員とは笑顔でしゃべっていたりして、それが一層、ムカムカに拍車をかけた。よし、今度は何か言ってやろう。

「ずいぶん感じの悪い接客ですねぇ」

お金を払いながら言ってみる。向こうは無言。わたしはお菓子を受け取って店を出た。そして思う。ひとこと言ってみても、結局イヤな気持ちなのである。

言っても言わなくても同じなのかなぁ。次の日になってもう一度冷静に考えてみたら、言わなかったほうが心に残るような気がした。

なら、今度からは「つぶやく」というのはどうだろう？　伝わればいいのなら、ひとりごととして「感じわる〜」とかつぶやいちゃう。よし、今度、ためしてみることにしよう。いやいや、それより「ひとまず深呼吸」というのがいいのかもしれないけれど。

14歳×3回

仕事のことで一度お目にかかりたい、と届いた手紙には、「14歳を2回生きただけの若輩者ですが」という一文があり、さりげなく28歳という年齢が盛り込まれてあった。

なんかいいなぁ、「若輩者」って言葉。

手紙を封筒に戻しながら、ちょとだけ切ない気持ちになる。

14歳を3回生きた42歳のわたしだって、「若輩者」を使えないこともない。けれど、基本、使わない年齢である。

思い返せば、わたしは28歳の頃、「新人」という言葉をものすごーくよく使っていた。

まだまだ新人ですが、がんばります！

口にするだけで、どうだ、わたしは若いんだゾ、未来があるんだゾと自慢げな気持ちになった。

当時は、仕事をする人たち全員が年上で、

「ミリちゃん、ミリちゃん」

と呼ばれて、かわいがられたものである。

今は、「ミリさん」と「マスダさん」が半々くらい。いや、若干、「マスダさん」が優位かも。いつか訪れるであろう「ミリさん」と呼ばれなくなる日を防ぐため、いっそペンネームは名字ナシの「ＭＩＲＩ」に変更するというのはどうだろう？　などと、思いつつ、28歳の青年編集者が指定した原宿のカフェに行ったら、どこから入っていいのかわからないほどオシャレな店でドキドキ。オシャレな店はたいてい複雑なのである。

ダージリンティを飲みつつ、自己紹介。それから、なんとなく仕事の話。彼はこの後、芥川賞と直木賞の受賞パーティに出席するのだと言う。

「立食パーティの食べ物って、編集者も食べていいんですか？」

気になって質問すると、適度に食べるのはいいということらしい。

いいなぁ、こっそりもぐり込んでわたしも食べたりできますかね？　なんて深追いして聞いているわたしは、明らかに「若輩者」ではない、と思った。

大人扱い

渋谷の繁華街ではさまざまなものが配られている。旅行のパンフレット、日焼け止めクリームの試供品、コンタクトレンズの割引き券、その他もろもろ。全部もらっているとバッグの中がパンパンになってしまうので、必要なものだけを受け取っている。

そんな中、若い女性たちにしか配られないポケットティッシュや、チラシもある。宣伝の対象がそうなっているのだろう。

配っているのは、たいてい若い男性である。彼らはとめどもなく流れる人波の中に立ち、瞬時に「この人、配る人。この人、配らなくていい人」と判断しているのだった。

彼らの前を通るとき、わたしは、毎度、試験に落ちたような気分になる。「配らなくていい人」に分類されるからである。

ほんの3、4年前までは押し付けられるようにもらっていたティッシュだというのに、今は見向きもされない。わたしの42歳の外見になにが起こっているのだ？　ごくたまに「どうぞ」と差し出されるのだが、受け取ろうとすると「あ、間違えた」みたいな顔で引っ込められる。合格を取り消されたみたいなつまらなさである。ティッシュやチラシが欲しいわけではなくて、ささやかな若作りの努力が通用しないことに諦めがつかないのだった……。

そういえば、つい最近ヨーロッパへ行く機会があったのだけれど、美術館などの入り口で「学生？」と聞かれなくなっていた。学生なら割引きがありますよ。日本人は若く見られるので、30歳を過ぎてからでも確認されていたのに、もう完全に大人扱いだった。

しかしである。春先のわたしはひと味違う。花粉症なのでたいていマスク姿。渋谷の街をマスクで歩いていると、若い女子たち用のティッシュがもらえるのである。

わたしの目元って若々しいんだワ！　マスクで隠れている目から下の部分は年相応、という事実をしばし忘れて喜んでいるのである。

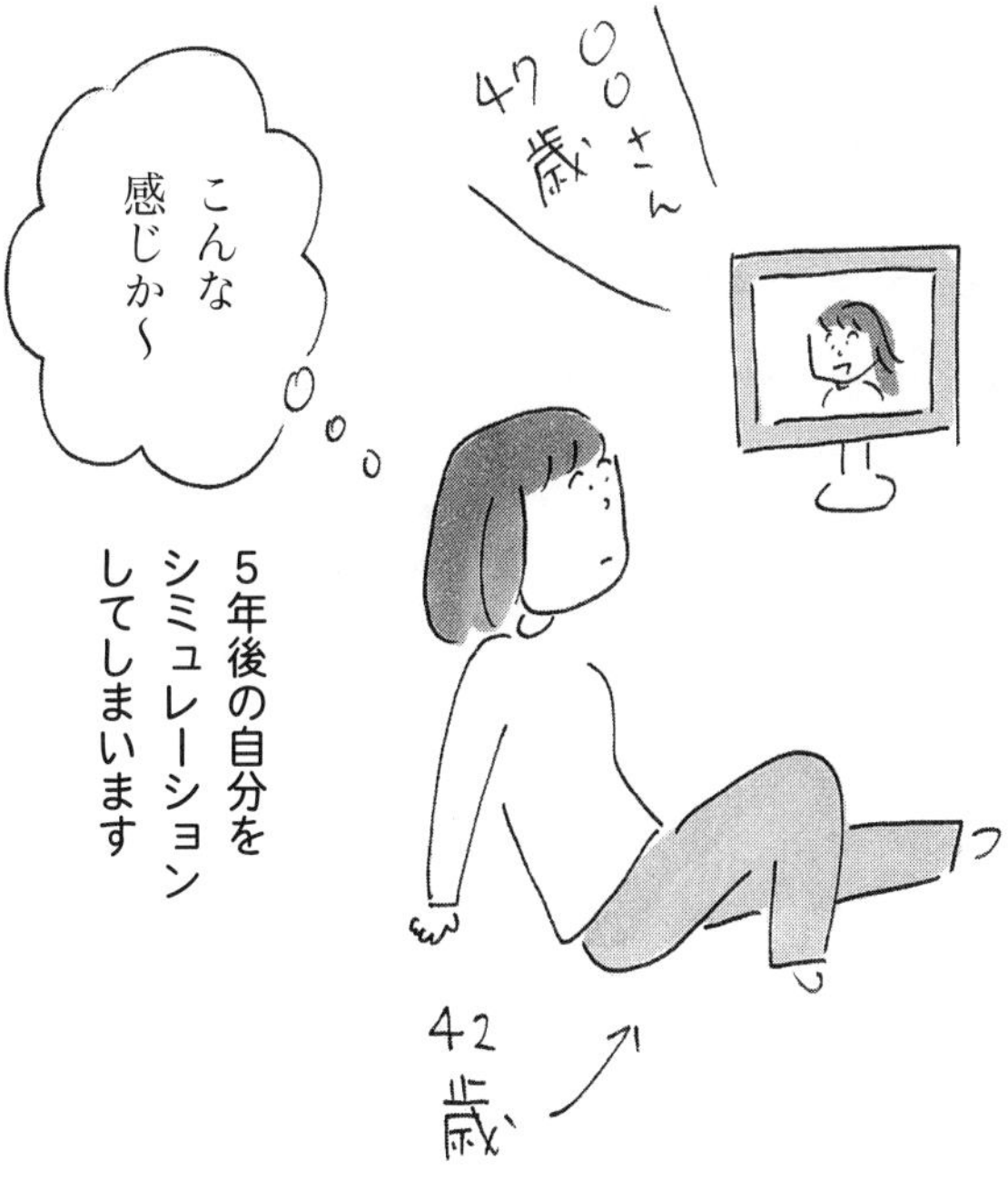
○○さん
47歳
こんな感じか〜
5年後の自分をシミュレーションしてしまいます
42歳

静かにしておこう

東京の自宅でパソコンに向かっていたら、ぐらぐらぐらと小さな揺れ。

ああ、また地震だな。

すっかり慣れてしまっている。でも本当は、毎回、毎回、怖いと思わなければならないのに。

じきにおさまるだろうと思ってそのまま椅子に座っていたら、揺れはどんどん強くなる。しかも、なかなかおさまらない。

もしかしたら、大きな地震なのかもしれない。あっ、と思って玄関に走る。地震の揺れのせいでドアがゆがんで開かなくなることがあるらしい、と実家の親が言っていたのを思い出し、玄関のドアを開いて固定した。

揺れは思いのほか、長くつづいた。ガスも使っていなかったし、とにかくじっと待つ。テーブルの花瓶がたおれ、水がこぼれていた。

落ち着いてからテレビをつけると、東北で大地震だとわかる。すぐに携帯電話を上着のポケットに入れた。わたしの携帯には、小さな笛のストラップがついている。災害時に、万が一、建物に閉じ込められたときのためである。

窓の外に火の気があがっていないか確かめた。大丈夫。寝室には防災用のバッグがあるので手元に置き、懐中電灯の電池を確かめる。玄関に履き慣れたスニーカーを出しに行き、防水の上着を用意する。再びテレビの前にもどり、親にひとこと「無事」とメール。

あとはなにをしたらいいんだろう？

今は、もうなにもしないでいよう。メールや電話が本当に必要な人がたくさんいるのだから、静かにしておくのがいいと思った。

生活を見直す

節電の日々である。

まずは使っていないプラグを抜く。こまめに電気を消す。前々からわりとやっていたけど、たとえば、お風呂上がりのドライヤーのときも、別に電気なんかつけなくていいやと思い、暗がりで髪を乾かしている。明暗関係なく髪の毛は乾くのである。

足下が冷えてくる夜は、毛糸の靴下とフリースの靴下を2枚履き。厚めの上着を着込めば、暖房を入れなくても問題なし。

それから、ご飯。今までは、炊いたご飯をラップに包んで冷凍していたものを、食べる前に電子レンジで温めていたのだけれど、これを自然解凍することにした。朝食のご飯は、寝る前に冷凍庫から出しておく。夜に食べるご飯は、午後のうちから日当たりのいいところに置いておく。さらに、煮物や味噌汁を作っているときに、鍋の蓋の上にそのご飯をのせておくと熱が伝わるので、解凍後に温める必要もない。

あとは、お茶。朝に沸かしたものを、保温性のある大きな水筒に入れておけば、しょっちゅう台所の電気をつけて沸かす必要もなくなった。

朝夕の新聞も、窓際まで行って読めば電気をつけなくても明るいし、携帯電話は寝ているときには使わないのだから、電源を消しておくことに。

これで、どれだけ役に立てているのだろう？

少しは役に立てているのだろうか。ただ、計画停電が終わっても、このくらいの節電はつづけていけるなぁと思ったのだった。

目を覚ますとまた未知の一日

大阪での仕事が早く終わり、時間があるので桜でも見ようということになる。さて、どこに行こう。

大阪城公園は？　あ、それいい、そうしよう。

同行の編集者とともに、大阪駅から環状線に乗って大阪城公園駅へと向かう。手荷物は駅のコインロッカーに預けたので、ポケットの中には財布と携帯が入っているだけ。平日の昼下がり、手ぶらの大人ふたりである。

大阪城公園の桜はちょうど見ごろだった。取りあえず携帯で写真を撮る。

せっかくなので大阪城にものぼってみた。出張前に東京でちょっとしたトラブルがあり、解決しないまま来たから気掛かりだったのだけれど、大阪城のてっぺんで春風に吹かれていると晴れやかな気持ちになった。けれど「全部忘れてしまおう」とは決して思わないしつこいわたしなのである。

景色を満喫した後は、お城の中の展示物をぶらっと見学。説明パネルを読んでいたら難しい漢字に遭遇する。ふりがなのシールが剝《は》がれていたので、わたしには意味どころか読み方すらわからない。「蟄居」。どう読むの、これ？　隣にいた編集者に聞いてみれば、「チッキョです」彼は即答。武士などを謹慎させるときなどに使うのだと教えてもらう。すご～い。日本語の説明の下に英訳の文章がついていたので、感心ついでに「蟄居ってどの部分？」と質問。「えーっと、ここだと思います」すらすらと英文を読み上げ、難なくクリア。正解かどうかはわたしにはわからなかったけど、すご～い！　とまたまた感心。

大阪城を出た後は、小腹が空いていたので屋台のたこやきを食べる。半日一緒にいて、もうしゃべることも浮かばず「おいしい、おいしい」ばかり言い合う。

そして、わたしは映画『タイタニック』のディカプリオのセリフを、ひとりでそーっと思い出していたのである。

朝、目を覚ますとまた未知の一日がはじまる
人生は贈り物　無駄にしたくない

わたしのすぐそばにはピカピカの大阪城。夜空には美しい三日月。満開の桜と、熱々のたこやき。

朝、目覚めたときには想像もしなかった一日。こういう愉快な一日が、これからの人生にもきっとたくさんあるに違いない、と思ってみるのはいい気分だった。

スーちゃん

名前を考えるのは楽しい作業である。マンガの主人公の名前である。パッと浮かぶこともあれば、描きはじめてしばらくしても、なかなか決められないこともある。登場人物が生きてきた背景を考え、この人は小学校の頃、友達に名字で呼ばれていたのかな？　それとも下の名前で呼ばれていたのだろうか。そんなことを想像しつつ、人

物像ができあがっていく。

わたしの漫画の中に、すーちゃんという女性がいる。

すーちゃんは、最初に顔を描いた瞬間から、

「名前は、すーちゃんだ!」

と思った。

優しそうだったし、繊細な女性のような気がした。それは、わたしが好きだったキャンディーズのスーちゃんのイメージだった。

世代でいうなら、わたしはピンク・レディーに夢中だったのだけれど、キャンディーズは人気番組『8時だョ! 全員集合』で見ていたから知っていた。

ランちゃん、ミキちゃん、スーちゃん。コントの中でいつもちょっと面白い役をするのはスーちゃんだった。年上のお姉さんなのに親しみがあって、順番に跳び箱なんかをするようなコントのとき、

「今日はスーちゃんが成功しますように」

ハラハラしながらテレビの前で応援していた。スーちゃんは失敗してもいつも笑顔だった。

キャンディーズの解散後、スーちゃんは田中好子さんになった。なんのテレビドラマだっただろう、電話をしながらさめざめと泣くシーンを見たとき、素敵な女優だなあと思った。わたしもつられて泣いてしまったのを覚えている。

わたしの漫画のすーちゃんの本名は、森本好子《よしこ》である。

「キャンディーズのスーちゃんと同じだから、お前もすーちゃんだなぁ」

親戚のおじさんなんかにそう言われて育った女の子という設定だった。だから、きっと、わたしのすーちゃんも、キャンディーズのスーちゃんが好きだったに違いない。

昨夜《ゆうべ》のニュースで田中好子さんが亡くなったと知って、本当に悲しかった。本当に本当に悲しかった。

スーちゃん、大好きでした。あなたの名前をいただきました。

ピンク・レディーと聖子ちゃん世代

少し前になるのだけれど、テレビで「歌声喫茶」の特集をやっていた。カラオケが登場する前は、お客さんみんなで歌える喫茶店があったのだそう。今でも残っているお店もあると紹介されていた。

そんな歌声喫茶に親しんだ世代のためのバスツアーが人気だとかで、取材風景も放送されていた。全員に歌詞カードが配られ、旅の道中はバスの中でなつメロを大合唱。みなさん、いきいきとした素敵なお顔だった。

「すごく楽しそうで、うらやましかった」

つい先日、同じ歳ごろの女性ふたりとご飯を食べつつその話をしたところ、わたしたちの世代なら、どんな曲を歌うのかなぁと盛上がった。

「ピンク・レディーじゃない？」

「わたし、振り付けで歌える！」

「聖子ちゃんの曲も歌いたいな」

「いいね、聖子ちゃん！」

「かわいかったねぇ」

「髪型、マネしたよねぇ」

ピンク・レディーも松田聖子さんも、新曲が出るたびに、友達と競い合うように覚えたものだった。歌番組が始まるとテレビの前に陣取り、必死に歌詞を書き写した。このときほど「速記を習いたい」と真剣に思ったことはなかった。書いている途中で台所から母親に話しかけられ、カンカンに怒ったことが何度あっただろう……。ビデオデッキはまだまだ高級品だった。

そういえば、以前、老人ホームで働かれている方とお話しする機会があり、「歌」ってすごいなぁと思ったのだった。絵画や生け花など、いろんなレクリエーションの時間が設けられている中、一番の人気は歌の時間なのだそう。若き日に口ずさんだ曲をみなさんよく覚えていらっしゃるんですよ、とその方はおっしゃっていた。

「きっと、わたしたち、そのときはピンク・レディーと聖子ちゃんを歌うんだろうね」

食後のデザートを頬ばりつつ、うなずきあっていたのだった。

今度、同級生カラオケしません？
いいですネ
昔の曲しかダメってことにしましょ

気になること土鍋篇

土鍋で炊いたご飯はものすごーくおいしいと友達が言っていたのを聞いて、ずっと気になっていたのだけれど、難しそうだし、面倒くさそうだしと二の足を踏んでいた。でも、ふらっと行った陶器市で土鍋の値段を見たら２５００円。意外と安いんだなぁ。土鍋でご飯を炊けば節電にもなると思い、買って帰ることにした。

ちなみに、この土鍋は三重県の萬古焼。

「萬古焼。どう読むんだろう？」

昔、一人旅で三重に行ったとき、まさか……マン……と、ドキドキしていたのだけれど「ばんこやき」でホッとしたのを覚えている。ざらざらとした手触りのぷっくり丸いかわいい土鍋である。

さっそく、ご飯を炊いてみた。

店員のお兄さんに言われたとおり、洗ったお米をすぐに土鍋に入れて中火にかけ、フタの穴から湯気が出てきたら火を止め、5分ほど蒸らす。はい完成、とっても簡単！と思って中を見てみたらお米がべちゃべちゃしていて、少し芯もある。仕方がないので、容器に移してレンジにかけてから食べた……。

翌朝は、洗ったお米を少し長めに水につけて炊いてみた。すると、ずいぶんふっくらしたけれど、土鍋にご飯がこびりついてなかなかうまくよそえなかった。

5分の蒸らし時間が短いのかなぁ。

というわけで、夜は15分蒸らしてみた。すると土鍋にご飯もこびりつかず、きれいにとれた。

などと、試行錯誤しているうちに、今ではそれはそれはおいしいご飯が食べられる日々である。お米は水に長めにつけ、中火にしてフタから湯気が出てきたら、さらにそこから弱火で3分。火を止めたあとは、20分ほど蒸らす。お米はぴかぴかに光って、ぷっくらもちもちである。

こうして土鍋のご飯に気を良くしたわたしは、もうひとつ前々から気になっていたことを始めたところ。それは「緑のカーテン」。ゴーヤの苗を買ってきて、ベランダで栽培中なのである。

緑のカーテン

ゴールデンウィークに植えたベランダのゴーヤの苗が、驚異的なスピードで伸びている。ツルが順調にネットに巻きついて、みるみるうちに高さ1メートル。この巻き付いている姿が、本当にかわいらしいのである。風の強い夜などはクルクル巻いたツルが外れていないか気になって、しょっちゅう確認しにいっていたほど。今ではずいぶん頑丈に巻き付いているので大丈夫そうである。

最近、このゴーヤに黄色い花が咲いた。

「わっ、花だ！」

喜んでいたのもつかの間、翌日にはプランターの土にぽとりと落ちていた。

どうしたんだろう、水の量が少ないのだろうか。

なにぶん育てるのははじめてなので正解がわからない。たまたま仕事の打ち合わせでその話をしたところ、ゴーヤ経験者の女性が教えてくれた。

「雄花はすぐに落ちてしまうけど、もうじき雌花が咲きだすと、チビゴーヤらしきものが育ち始めますよ」

なるほど、そうなのか。安心する。

さらには、こんなこともメールで教えてくれた。

「赤く熟してくると、実が裂けてきて中の種がのぞきはじめるので、その時に、種のまわりの赤いところが甘くておいしいので味わってみてください！」

ゴーヤが甘いってどういうこと？　知らないことばかり。ぜひ試してみることにしよう。

それにしても、この「緑のカーテン」をもう何年も前からはじめていた人たちがまわりに結構いて、へェ〜ッと感心してしまった。わたしなんか、いつか遠い未来にやってみたいものだ、と毎年思っていただけだったのに……。

面倒くさそうで敬遠していたけれど、実際、植えてしまえばあとは水をやるだけで、めちゃくちゃ簡単。今では電車に乗っているとき、

「あの家、縁側に緑のカーテンをしたら涼しそうなのになぁ」

などと、窓の外を眺めつつ、よその家の心配までしているのである。

「なまいき」卒業

「なまいき」という言葉は、若者のためのものなんだなぁ。

最近、つくづくそう思うのである。20代の頃は、なまいきなことを言うと面白がってくれる大人たちがたくさんいた。なんの実績もないくせに、

「こういう仕事はしたくないです、でもこっちならやりたいです」

今から思えば、びっくりするようなところで自分の意見を言ったりしていた。

イラストレーターになろうと思い立ち、ひょいっと上京。なにもわかっていないから怖いもの知らずだった。

「あなたは意外に自信家ですね」

うんと年上の仕事の人たちに冷やかされれば、

「自信はあります！　未来っていう字を目にすると、わたしにはキラキラ輝いて見えるんです！」

よくもまぁ、いけしゃあしゃあとそんなことを……。

今頃になって、冷や汗をかくのである。

それでも、若さは最大の武器とはよく言ったもので、じゃあ、やってみなさいと仕事をくれる大人たちがいたのだった。

しかし、今はもう「なまいき」なことは言えない。いつのまにかお仕事をご一緒する方々の大半は年下になっていた。仕事上のちょっとした手違いに気づいて「違ってましたよ」って報告しただけで、わっ、怒ってるっ、なんて怖がらせかねないので、穏やか〜にやっていかねばならない。時がたてば、「なまいきな女の子」は「怖いおばさん」に擦り替わってしまうのである。

「なまいき」は、わたしから過ぎ去って行った。もう、二度と「なまいき」には戻れない。

かといって、今のわたしは、若者の「なまいき」を全面的に応援できるほどには歳を重ねてはおらず、ちゅうぶらりんなお年頃なのである。

「なまいき」って
若者用の言葉
だったのか〜
そのかわりに
「へんくつ」とかが
登場するのか??

100均で50円の2000円節約ヒット商品を買った日

「電気代が2000円近くも安くなったんですよ」

というセリフを聞いて、わたしはわくわくしてしまった。

冷蔵庫の冷気が逃げないよう、中にビニールのカーテンみたいなものを張り付けるという節約グッズ。ちょっと試してみたいなぁと思っていたときに、知り合いがそんなことを言うものだから、やるしかない！　と思ったのだった。

「ね、それ、どこで売ってるの？」

「100均で売ってますよ」

100均ショップで売っているということは、当たり前だけど100円である。100円が2000円に化けるなんてスゴ〜イ！

翌日、早速、わたしは自転車に乗って近所の100均ショップに出かけた。しかし、キッチンコーナーを探しても見あたらない。お店の人にどこにあるのか聞きたいが、わたしはあの商品の名前を知らなかった。『冷気ガードカーテン』とか？　しょうがないので、長々と説明することにする。

「すみません、冷蔵庫の冷気が逃げないようにする……」

まで言ったところで、店員さんは「ああ、あれ、もう売り切れなんですよ」と申し訳なさそうに言った。

しまった！　そんな人気商品だったなんて。

1週間くらいで再入荷すると言われたけれど、なんとしても今日中に手に入れたいぃぃぃと思い、またまた自転車に乗って別の100均ショップまで行くことに。でも、もう、きっと売り切れに違いない。今頃になって慌てても手遅れなのだ。

一応聞いてみた。

「すみません、冷蔵庫の冷気が逃げないようにする……」

「ああ、はいはい、こちらです」

大量にあった。

家に帰って袋から出すと、なんと2枚入りだった。ということは、たった50円で、2000円の節約になるということではないか（冷蔵庫の大きさにもよりますかね?)。

端についているシールをはがし、冷蔵庫の中にペタリと張ってみる。なるほど、冷気が逃げにくい。こんなに簡単な商品なのにたいしたものである。

ところで商品名ってなんだっけ?

パッケージには『クールキープカーテン』と書いてあった。

ドーナツ屋さんにて

無性にドーナツが食べたくなり、ドーナツ屋さんに入る。

どれにしようかなぁ。ショーケースを眺めながら真剣に考える。食べたければ2個、3個買えるだけの小銭がお財布に入っているのに、カロリーのことを考えるとやっぱり1個。この1個で満足した! というドーナツを選ばなければと思うと、めちゃくちゃ迷ってしまった。そのくせ、ついついカロリーの少なそうなのを選んでしまうものだから、なんとな~く完全燃焼できないのだった……。

高校生の頃にドーナツ屋さんでアルバイトをしていたときは、「今日は、休憩のときにどのドーナツを食べよう？」

それればかり考えていて、休憩になると食べたいドーナツで頭がいっぱいになっていた。あれもこれも買って、時給ぶん食べてしまった、なんてこともしょっちゅう。

ドーナツを一度に3個も4個も食べていた自分から、ずいぶん遠いところに来たものだと感慨にふけりつつ、ドーナツ屋さんでひと休みしていると、隣の席に若いお母さんと、小さな娘さんがやってきた。4〜5歳くらいだろうか。

女の子は、自分の顔くらいあるチョコレートのドーナツにかぶりついた。かわいいなぁと横目で見ていたら、その子が急に泣きそうな声で言った。

「ママ、もう携帯、見ないで!!」

お母さんは席に着いたときから、ずっとメールを打っていた。自分のドーナツは手付かずのまんま。

メール、やめるだろうか、それともやめないだろうか。わたしはドキドキしていた。

女の子の声が、お母さんに届くといいなと思った。

お母さんはメールを打っていた手を止め、

「はいはい、わかったから食べなさい」

そう言って、女の子の口元を優しく紙ナプキンで拭いてあげ、携帯電話をバッグにしまった。

わたしはその光景を見ながら、小さな自分のことを思い出していた。

子供の頃、母がテレビドラマなどを見ながら、いい加減に返事するようなとき、よく邪魔をしていたこと。関心が自分に向いていないと腹立たしかった。腹立たしくて、淋しかった。母にしてみれば、家事の合間のひと休みである。テレビくらいゆっくり見たかっただろうに、わたしはわざわざ描いた絵を見せに、テレビの前に仁王立ちになっていた。

あの時代に携帯があったら、わたしもきっと
「ママ、携帯、見ないで!!」

って言っていたのかもしれないなぁ、などと思いつつドーナツを頬張っていたのだった。

大人遊び

みんなでお好み焼きでも食べに行くか。

仲良しの友達数人と渋谷に繰り出した。食べはじめた時間が早かったので、満腹になって店を出てもまだ8時過ぎ。夜はこれからである。

ね、運動したくない？

誰かが言い、じゃあ、卓球しようかと卓球場へ。中年の男女8人。どたばたと卓球をはじめたところ、これがなかなか面白い。2時間ほど遊んだだろうか。

「明日、どこが筋肉痛になるのか見当もつかないね」

なんて言いながら、卓球場の椅子にずらりと腰掛け、自動販売機のセブンティーンズアイスを食べた。

わたしはこのアイスクリームを、高校時代に何本食べたかわからない。自転車通学だったので、夏は汗だく。学校の帰り道、仲良しの女の子たちとコンビニの前で立ち食いし、涼をとってから家に帰った。

セブンティーンズアイス。自分たちが食べるのが、一番ふさわしいのだと信じていた。

しかし、何歳で食べても、やっぱりおいしいのである。渋谷の卓球場は満員で、盛り上がっている他のチームをぼんやりとながめながら並んで食べた。

卓球のあとは、最新のプリクラを撮ってみようとゲームセンターへ。今のプリクラって、自分の顔が別人みたいになるんですねぇ。やたら目が大きくなって、肌も真っ白でツルツル。シワなんかな〜んもない写真に仕上がる。なのに、どうしてなんだろう、誰一人20代には見えないのだった。

「なにが若者と違うんだろうねぇ」

首をかしげつつも、目が大きくなって、肌も真っ白でツルツルなのが嬉しくて、わたしは自分のケータイの後ろにペタリ。

その後、居酒屋でひといきつき、家に帰ったのは午前2時すぎ。

いっぱい遊んだなぁ。いっぱい遊ぶ予感がしていたので、翌日にはマッサージの予約を入れておくという用意周到さ。だって、もうセブンティーンじゃない。17歳には戻れない。大人も楽しいから、別に戻りたくはないのである。

里帰り

大阪の夏は暑いしなぁ。迷いつつも、やっぱり帰省しようとぎりぎりになって新幹線を予約。8月13日の朝、お土産をかかえて品川駅に向かったものの、よーく見るとわたしが握っていたのは1日前の切符。買い間違えていたのである。しょうがないので追加で特急券を買い直し、東京から大阪まで立って帰ることになる。大人になって、まだこんな失敗をしでかしている自分に呆《あき》れてしまった……。

実家に戻っても、取り立ててすることはない。母の手料理を食べたり、テレビの高校野球を見たり。延長戦のちょうどいいところで、タイガースファンの父がチャンネルをプロ野球戦に変えたのでモメたりしつつも、ありきたりの時間が過ぎていった3日間。「じゃあ、またお正月に帰るから」。

東京に戻る新幹線の中で、わたしは鼻がツンとするような切なさに包まれていた。

帰省するたびに、誰かが亡くなったことを知らされる。幼馴染みの子のお母さん、お風呂屋さんのおばちゃん、近所のおじちゃん。幼い頃のわたしをよく知っている人たちばかり。優しくしてくれたり、楽しいことを言って笑わせてくれた。暗くなっていつまでも遊んでいると「早く帰んなさいっ」と叱られた。アイスクリームを買ってくれた。一緒に花火をした。学校帰りにばったり会うと、ホッとする大人たちだった。何年も顔を見ていないぶん、わたしの中のあの人たちは若い頃のまま、元気な頃のまま。

疎遠になっていた大人のわたしが、こんなに悲しい気持ちになること、おばちゃんたちは思いもしなかったかもしれない。でも、わたし、忘れてないんだよ。そう思うと込み上げてきて、泣き虫だった子供の自分に戻っていた。

新幹線の窓におでこをくっつけながら、流れ去る景色を見つめていた。ありきたりの里帰りも、いつか大切な思い出に変わる日がくることを、わたしはもうすでに気づいているのである。

ご近所さんとの
夏の思い出

魅惑のホットケーキ

ホットケーキ。

耳にしただけで穏やかな気分になるから不思議である。丸くて、ふかふかで、やさしい香り。雑誌を開いて写真が載っていたりすると、食べたい気持ちが膨らんでそわそわしてしまうくらい。

一緒に仕事をしている編集者がホットケーキ好きと判明し、今度の原稿の受け渡しのときは、絶対にホットケーキを食べましょう！　ということになる。わたしのカレンダーには「原稿渡し」ではなく、「16時30分　ホットケーキ」と書き込んでしまったくらい楽しみなイベントになっていた。

そして、今日、やっと食べてきた（原稿を渡してきた）。お店は、ホットケーキが名物でもある老舗《しにせ》のフルーツパーラー。先方の会社からも、わたしの自宅からも遠く、電車を乗り継いでの集合である。

待ちに待ったホットケーキは、表面がサクッとしたこうばしいタイプだった。生地にしっかりと甘味があるので、バターだけでも充分！

おいしかったなぁ。

帰りの地下鉄の中で幸せな気持ちでいたとき、ふいに、胸をチクリと刺すものがあった。

ホットケーキを食べる前に入った小さな喫茶店。別の仕事の打ち合わせがあって、10分ほど遅れてその店に行ったら、ふたりの編集者はすでにコーヒーとケーキを注文されていた。わたしもケーキをすすめられたけれど、このあとホットケーキがあるので、とカフェオレだけを注文した。

「ここは、よく来られるんですか？」

って聞いたら、若い女性の編集者がインターネットで見つけたとのこと。民家を改造したかわいいお店だった。

こういう雰囲気がお好きな方なんだなぁ。

そのときは、なんとなくそう思っただけだったんだけど、帰りの地下鉄の中でそうじゃないと気づく。

先週、ノルウェー旅行をしてきたばかりのわたしは、その喫茶店のメニューにノルウェーの焼き菓子を見つけて、奇遇だなあと思っていた。でも、あれは偶然などではなく、ノルウェーの焼き菓子があるお店をわざわざ探してきてくれていたのではないか。新しく編集部に配属になったばかりの方である。どうして読み取れなかったんだろう。わたしの食欲を前にすれば、いくらでも食べられたのに！

それもこれも、「ホットケーキ」がぜーんぶ悪い。お腹《なか》をペッコペコにして食べたいっ、という欲求にかられるほど、ホットケーキという名はおいしそうな響きをしているからである。

不マジメ適当人間

マジメな人間だと思って生きているのだけれど、はたから見るとそうでもないのかもしれない。

ついこの前もそう。友達と北欧旅行をしたのだけれど、フィンランドとスウェーデンに行くのに、いろんな人に「ノルウェーに行くんですよ〜」と言いつづけていて、実は、旅行の当日もノルウェーに行くような気になっていて、「あれ？　ノルウェー行かないいんだっけ？」なんて、こっそり思っていたくらい。適当なのである。

そんなだから、帰国後もいろんな人に、

「ノルウェー、よかったよ！」

また間違えて言いふらしていて、念のため、今、確認してみたら、前回のこのWEBエッセイでもノルウェーに行ったと書いてあった……。本当は行ってないんです。

さて、その北欧旅行。あまりにも自分の英語力の無さに呆れ返り、

「よし、英会話の勉強をしよう！」

思い立ったのである。

20代の頃、友達と英会話教室に通っていたことがあったのだけれど、予習も復習も一切せずに行くものだから、ちっとも上達せず、うやむやにやめてしまった過去がある。今度こそ、復習くらいはするぞ。

早速、カルチャースクールの英会話教室に申し込みにいく。

「すみません、英会話習いたいんですけど」

受付の人に言うと、クラス分けのテストを受けて欲しいと言われる。

「いえ、初級のクラスでいいんです、わたし、全然できないんで……」

それでも、一応、受けて欲しいとのこと。

どうしよう、初級クラスにさえ不合格になったら？　あり得る。大いにあり得る。

受付のお姉さんは優しい笑顔で言った。

「これから、すぐテストをお受けいただけますが、いかがしますか？」

「あっ、今日は約束があるんで!!」

大急ぎでその場から逃げるわたし……。本当にやる気があるのだろうか？

取りあえず、クラス分けのテストを受ける前に自分でちょっと勉強することにしよう。本屋さんに直行し、何冊か英会話の本を購入する。買って満足してしまい、なんの前進もしていない不マジメなわたしなのだった。

ある秋の夜

仲良しの友人たちと軽くご飯を食べたあと、まだ早いから「お茶でもしようよ」とカフェに入ったのが午後10時30分。「痩せたい、痩せたい」と言いつつ、生クリームたっぷりのシュークリームと紅茶のセットを注文するわたしである。

そういえば、30代のとき心に決めていたことがあったんだった。

40代になっても、50代になっても、体重は55キロを超えないよう努力しよう！

なのに、42歳になった現在のわたしの体重はもうすぐ58キロ……。いくら身長が高いといえども、お腹まわりがぷるぷるしているのだった。

シュークリームを食べ終え表に出た。まあるい月が浮かんでいた。爽やかな短い秋の夜である。「ね、ちょっと運動しない？」。提案してみれば「いいね！」とみな乗り気。40代の男女7人、ぞろぞろと深夜営業の卓球場に向ったのだった。小一時間ほど遊んだだろうか。「次、ボウリングもしようよ！」「いいね！」。足が痛い、腰が痛いなどと言い訳しつつ、卓球の次はボウリング。せっかく消費したカロリーを取り戻すかのように、その後は中華料理屋さんに流れて餃子をペロリと平らげる。ニンニクで元気が出たからカラオケに行こうと誰かが言ったとき、時計の針は一体何時を指していたのだろう？

カラオケも大いに盛り上がり、そろそろ夜が明けるころ。我が友が熱唱していた曲の中に、あのころより今のほうが若い（細かくは覚えていないけれど）、というような歌詞が出てきて、妙にジーンとしてしまったのだった。そうかもしれないなぁ。だって、かれこれ12時間も友達と夜遊びしているじゃないか。若い、若い。

しかし、家に帰ってから思い直す。バタンと眠れないのである。疲れ過ぎて睡魔がこない。眠るのも体力がいるんだな、なんて考えつつ、ぼんやりと天井を眺めていたのだった。

中年になると
疲れないよう
いろいろ調整
ナイスッ
応援、
ほぼ立たない

うわーっきれい、すごい！

2年習っているピアノ。やっと1曲弾けるようになった。といっても、間違えつつ、つっかえつつである。

最初はモーツァルトの曲を習っていたのだけれど、初心者のわたしには難しすぎて一向に進まず……。自分からモーツァルトがいいと言った手前、意地でもやろうと思っていたのだけれど、毎週毎週、まったく前進していない生徒に付き合わされる先生も気の毒で、バッハの短い曲に変えたのである。よく知っている明るいメロディで、練習するのも楽しかった。

曲との相性もあるのかもしれないわねぇ。

1曲習ったくらいで、友達にえらそうなことを言っているのだった。

クラシックのことはまったくの不勉強だけど、弾いていると、こういうメロディのあとこんなふうに雰囲気をかえるんだなぁ、でもまた最初のメロディを入れて、大きく広げて、うわーっきれい！　あなたすごい！　などと、曲を作った人に感想を伝えているような心持ちになる。

17歳の夏だった。

大阪に大規模なゴッホ展がきているというので、ひとりでふらっと出かけてみたのである。たまたまだったのか会場はとても空いていて、有名な「ひまわり」も「種まく人」もひとりじめみたいに見られた。どんな絵を描いている人なのかよくわからずに行ったのだけれど、ゴッホは17歳の女子高生の心をゆさゆさと揺り動かしたのである。

きれいだなぁ、すごいきれい、どうしてこんな色をこんなところに使ったんだろう、それが美しい効果を生むって、作者はどうして想像がついたんだろう？　すごい！あなた、すごい！

ぼーっとしたまま家に帰り、わたしは美術学校の受験コースを、デザイン科から油絵科にあっさり変更したのだった。

油絵の才能も（おそらく音楽の才能も）ともに開花することはなかったのだけれど、わっ、すごい！　とか、わっ、きれい！　って、いちいちびっくりできる自分ではいたいのである。

大人になって編み出したある方法

妙にムカッとくるメールというものが世の中にはあるわけである。遊びのメールでそういうことはないわけで、たいてい仕事のメールということになる。差出人の意図するところがよくわからなくて、まさかこの文面の通りではないだろう、なにか他に言いたいことがあるのかもしれないが、それは一体なんだろう？　もしかしたらいい意味なのだろうか？　それとも、いい意味で書いて失敗しているバージョンなのだろうか？　なにを根拠にこんなに馴れ馴れしい文体にしたんだろう？　わからない、わからない、わからないぃぃぃぃ。

隠されているキーワードがあるのかと、何度も何度も何度も読み返して、どんどん腹が立ってくる。昔は、もう、しばらく仕事も手につかなくなったくらい。だけど、そういうこともほとんどなくなった。ある方法を生み出したからである。

嫌なメールは読み返さない。

そういうことにしたのだった。

一度読んで、感じわる〜と思ったら、すぐに消去しちゃう。一回くらいなら、意外と正確な言い回しまでは覚えていないもので、「嫌だったな」という感情は残っても、心の中でがちがちに固まってしまうところまではいかないものである。

学校の漢字の勉強では、何度も何度も同じ字をノートに書くことが覚える早道だって教えられた。忘れる早道は何度も何度も見ないこと。大人になって自力で編み出した対処法なのだった。

屋台で買い食い

秋になると、毎週のように近所のどこかで小さなお祭りがある。神社のお祭り、商店街のお祭り、町内会のお祭り。祭りといえば夏の盆踊りしかなかった新興住宅地育ちのわたしは、上京15年が過ぎた今でも、うれしくていそいそと出かけて行くのだった。

東京のお祭りで初めてあんず飴《あめ》の屋台を見たときは、なんてきれいなんだろうと思った。電球に反射してキラキラ光る氷のテーブルに、ひとつひとつ並べられている飴。あんずがちょんとのっている。飴には割り箸が刺してあるので、子供たちはあんず飴を片手にあっちへこっちへ。あんずの代わりにイチゴやみかんがのっていることもあり、屋台はおもちゃの宝石箱みたいな鮮やかさである。関西では見たことがなかったのだけれど、あんず飴には地域性があるのだろうか？

そうそう、屋台といえば、わたしがお祭りで一番好きなのは大人が買い食いをしている姿である。

誰にだって、あれやこれやと心配事があるわけだけど、そういうことをしばし横に置いておいて、大人たちは焼きそばをハフハフしている。

わたしだってそう。離れて暮らす両親は、元気といえども立派な高齢者である。介護が必要になったとき、なにをどうすればいいんだろう？　東京と大阪を行き来して、手厚い介護などできるのだろうか。実家は借家だし、売って資金にすることもできぬ。さりとて、東京のわたしの手狭な賃貸マンションに呼んだところで、住み慣れた家や、仲良しのご近所さんたちと離れて暮らすのは、さぞかし味気ないのでないか。いざというとき、娘のわたしは、一体なにをどうすれば？　などという諸事情はとっぱらい、屋台のお好み焼きをハフハフ食べているのだった。

いろいろあるけど、大人になったってお祭りを楽しんでいいんだよ。大人なんかつまらない、なんて思わないで大きくなりなさい。

あんず飴の屋台に並ぶ子供たちに、なぜかそんな光線を送りたくなってしまうわたしなのだった。

屋台の前で、
大人は「素」の顔に
なっているのかもしれません

口に出さなくてもいいこと

料理の話というのは、なかなか難しいなぁと思うのだった。

大人の世界では、料理についてあれこれと意見が言える人のほうが「立派」みたいなところがある。

こだわりの店、こだわりの料理、こだわりの食材。

人によっていろいろとこだわりのポイントが違うので用心しなくちゃいけない。少しでも違う意見を言おうものなら顔色が変わる人もいるので、わたしなどは、もう、なるたけ参戦しないように心掛けている。

「ちょっと高いけど、うちは取り寄せてでも食べてるから」

たとえば、おすすめされたなんかの瓶詰。ラベルの裏をちらっと見れば、添加物がたっぷりと表示されていたりして。

うわ〜と思ったとしても、

「お目が高い！」

ほんわかとやり過ごさねばならぬ。

お酒だってそう。飲める人、飲めない人がいて、それぞれの基準がある。わたしはあまりたくさんは飲めない体質で、ビールならグラス一杯でちょうどいい気持ち。ワインのようなアルコール度数の高いものは具合が悪くなってしまうので、すすめられても口にしないようにしている。

「飲めないからつまんないなぁ、もうちょっと飲めるようにならないと」

な〜んて言う人はずいぶん少なくなったけれど、まだ言われることもある。もちろん、その気持ちも理解できるのである。でも、飲めない人は、飲めないなりに楽しんでいたりする。一緒に食事をしていて「つまんない」と言われれば、どんなごちそうだって味気ないものである。

口に出さなくてもいいことは、この世の中には山のようにある。きっとわたしもヘマをしているに違いないのだけれど、食事というのは、その人が育ってきた環境や大切な思い出とも関係深いものなので、気をつけておかなきゃと思っているのだった。

感じのいい人

その場かぎりなんだよなぁ、と思うのである。

自分のことである。

わたしは人当たりがいい。明るい雰囲気でちょっとした失敗談なんかを披露したりするから、初対面の人に警戒心を持たれることもさほどなく、

「感じのいい人だなぁ」

という印象を持ってもらえるわけなのだけれど、ただ、「その場」が長時間になってくると、薄っぺらいのである。

今、この場だけを乗り切ることが使命みたいになっているから、ひたすら感じがいいだけ。5分、10分の立ち話ならともかく、食事の席なんかになってくると、なんだか実りのない会食になったりするわけである。

いつも自然体、という人がうらやましい。知り合いにも何人かいるのだけれど、へ

んに優等生ぶらず、朗らかなんだけど決してやりすぎない。嘘くさくない。人の意見も聞きつつ、自分の意見もきちんと言う。遠慮しすぎない。

わたしだって、そういう人たちのほうが好きなのである。気をつかわれて、いいことばかりしか言わない人間と話していて楽しい人なんているだろうか？

わかっている。そんなことをわかったうえで、しかし、やっぱりその場かぎりになってしまうわたし……。

これって、どういうことだろう？

人は、そんなにすぐに仲良くならなくていい。

そう思う気持ちの表れだったりして。わからない。

感じのいい人になろうとするあまり、本来持っている「良さ」を発揮できないわたし。ああ、もっともっといいところがあるんです！　いつもそんなふうにがっくりとうなだれながら、気心の知れない会食が終わってしまうのだった。

少しですが食べてください。

実家から里芋が届く。定年後、父が畑を借りて野菜を作っているので、ときどき母がそれを送ってくれるのである。

ところで、里芋ってどうやって料理するの？

子供の頃は、大人になったら自然になんでもできるようになるのだと思っていたけれど、なんにもしないで、なんでもできるようにはならないのである。

26歳で親元を離れるまで、料理などしないに等しかった。お米をといでおくとか、コロッケの衣をつけるとか、母に言われてやることはあっても、きんぴらごぼうや、肉じゃが、ブリ大根などといったものの手順はてんでわからない。

わたしって、こんなになにもできなかったんだ！

ひとり暮らしをはじめてびっくりした。慌てて基礎がわかる分厚い料理本を買いに行き、そして16年たった今も、ときどきその本に教えられているのである。

今回も、早速、里芋の煮転がしのページを開いてみた。なになに、皮をむいた里芋は、塩でよく揉んで、そのあと水でぬるぬるを流すと味がよく染み込む？　ほほぅ、知らなかった。写真の通りに進めていくと、なんとか里芋の煮転がし（のようなもの）が完成した。まずい、というわけではないけれど、おいしいというわけでもない。そんな微妙な仕上がりである。こうやって繰り返して、上手にできる日がくるのだろう（たぶん）。

実家から送られてくる野菜とともに、いつも母からの一筆が添えられている。「少しですが食べてください。母より」。

チラシの裏に書かれた見慣れた文字。これが母からもらう最後の手紙になったらどうしよう……。元気にしているとわかっているのに、毎回そんなことを思ってしまう。だから、なんとなくそのメモが捨てられず、かといって大切に保管するのも悲しくて、どうしようかなぁとその辺りに置いておくと、いつの間にかなくなっているのだった。

いろいろ
持ってるけど
カフェメシ
タイ
ベトナム料理
一番使うのは
基本のレシピ本

2泊の銀座缶詰

中盤まで仕上がっている漫画が一本あり、

「なんか、後半はイッキに仕上げたいっ」

いてもたってもいられなくなり、ホテルで缶詰になってきた。誰にもお願いされていないので、もちろん自腹。まったく、急いでいない仕事なのである。

夕方チェックインを済ませたあと、まずは腹ごしらえと銀座の街に繰り出した。デパ地下でお惣菜でも買って部屋で食べようと思って松坂屋をぶらぶらしていたら、あら、おいしそうなトンカツ屋さん。店の奥に小さなカウンターがあって、そこで揚げ立てのトンカツが食べられるようなので入って食べる。ひとくちカツ定食。サクッとした衣がこうばしく、めちゃくちゃおいしかった。大満足。夜食用の甘いお菓子と、辛いお菓子を両方買い、ホテルに戻ったら睡魔がきて、取りあえず寝るかとベッドに入ったら3時間くらい寝てしまった。朝まで原稿を描いて就寝。

翌日は10時に起き、夕方まで机に向かう。ときどき、窓の下に広がる銀座の街を見下ろしながら体操したり、最近、勉強している英語のテキストを開いて発音してみたりする。

「This is wonderful website.（これは素晴らしいウェブサイトです。）」

いつか、誰かに言うことがあるかどうかはわからないけれど……ないとも限らないので一生懸命、発音する。

夕食を食べに、ふたたび夕暮れ時の銀座の街へ。クリスマスツリーがちらほらと並びはじめた銀座の大通りは、海外からの観光客もたくさんいてにぎやかである。

何を食べようかなぁ。昨日食べた松坂屋のトンカツが忘れられず、結局、またトンカツ。カツカレーを食べてホテルに戻ると、案の定、眠たくなって仮眠……。起きたらとっぷりと夜になっており、再び机に向う。そして、途中、またまた英語のレッスン。

「Are you free for lunch?（ランチに行かない？）」

こんなことを、いつかわたしが誰かに提案する日がくるのだろうか？　しかし、可能性がないとは限らないので、ちゃんと練習する。

休憩、原稿、休憩、原稿。繰り返して朝が来て、ちょっと寝たらチェックアウトのお時間。

というわけで、銀座のホテルに2泊して、ついさっき帰ってきたところ。帰る途中、別件の打ち合わせでデザイン事務所に立ち寄ったのだけれど、

「不在っていうから旅行かなと思ってたら、銀座!?」

クスクス笑われてしまった。

滞在中、描いた漫画は70ページ。漫画は完成する。晴れやかな夜である。

iPhone 4S

「iPhone 4S」を注文した帰り道、わたしの心は真っ暗だった。機械音痴だから、新しいメカが恐ろしいのである。しかしながら、42歳という年齢を考えると、まだまだ「守り」に入るには早すぎる。本当は「らくらくフォン」みたいな携帯電話でのんびりやっていきたいのだけれど、この先、お仕事をする方々がどんどん若者になってい

くのだと思えば、iPhoneくらいは使っておかねば！　と勇気を振り絞ったわけである。

しかし、1週間ほどして商品が入荷したというので携帯ショップに取りに行くと、IDを取得する、みたいなことを自分でやらなくてはいけないことを思い出して途方に暮れる。

「大丈夫です、簡単ですから」

励まされ、家に帰ってやってみたけど全然うまくいかない。仕方がないので、使い方を教えてくれるサポートセンターに電話をするものの、パソコン業界的な用語がいっぱい出てきて、わたしの頭からは今にも煙が出てきそう。

「じゃ、ここから先はお客さまでやってみてください」

一通り説明が終わると電話を切られるので、仕方なくひとりでやりはじめてみれば先に進まない。しょうがないので、また電話。すると別の人が出て丁寧に対応してくれるけど、いいところまで進んだら、「じゃ、ここから先はお客さまでやってみてください」とくる。で、やってみると、できないのである。

こんなオシャレなもの、わたしには使いこなせないョ〜。

もう「iPhone 4S」はあきらめて、普通の携帯に戻そう。足取り重く携帯ショップに行ったら、使えるようにサクサク全部やってくれたのだった。

おおっ、これでわたしも最新のメカを手に入れることができたゾ。嬉しくなって、わざわざ渋谷に「iPhone 4S」のケースを買いに行ったら、いろんな種類があるのですっかり目移りし、あっちの店、こっちの店とさまよい歩き、買い終えたあとはグッタリ……。家に帰ると、お風呂にも入らずバタンと就寝する。よくよく考えたら、まる2日間「iPhone 4S」で終わってしまっていたのだった。

まわってきた役目

最近、腕時計をするようになった。携帯電話があるので腕時計は必要ないと思っていたのだけれど、必要な年齢になってきたことに気づいたのである。

仕事上のちょっとした食事の席。料理もおいしく、話も弾み、そうこうしているうちに、

「あら？　もうこんな時間なんですね！」

終電ぎりぎりになっており、みんなで大慌てで店を出る、なんてことがここ最近、何度かあった。

そして、ハッとしたのだった。

「そろそろ行きましょうか」

と言う役目は、もうわたしなのではないか？

いい加減帰る時間なのになぁ、と思っても、若い人からそう切り出すには荷が重いもの。そんなことは、若者の経験があるわたし（誰にだってあるけど）ならよーくわかっているはずなのに、いつまでたっても若者気分でいるから、

「そろそろ行きましょうか」

という号令を、自分が掛ける係になっているとは思いも寄らなかったのである。年上のわたしがぼんやりしているせいで、みなの帰宅時間に支障をきたしてしまっては申し訳ない。

というわけで、近ごろは腕時計をつけ、さりげなく時間をチェックしつつ会食しているのだった。

だけど、こういう役目ってつまらない。大人の役って、なんだかつまらない。でも、順番だからやるのである。

使っている腕時計は、16年前、仲良しの友達4人が手渡してくれたものである。

「仕事辞めて東京行くねん」

突然言い出したわたしに、

「はあ？　ひとりで？　あんた何しに行くん？」

彼女たちはポカンとしていた。そして「あんた、アホちゃうか」と呆れつつも、お金を出し合ってプレゼントしてくれたのである。

それは飛び出していく若者の時間を刻むための時計だった。今は42歳のわたしのための時計である。

遊び足りない日も、
話し足りない日もある

お金のはなし

海外へ行くような旅になるときは、もしかしたら帰って来られないことだってあるかもしれないと思い、お金のことがわかるような簡単なメモを残しておくようにしている。

といっても、利用しているインターネットとか、医療保険、購読している新聞など、毎月口座から引き落としになるものを早く止めないと損するかも!? という感じなので、たんに利用機関の連絡先を箇条書きにしておくだけ。

医療保険は、34歳のときに加入したものである。料理雑誌を読んでいたら、たまたま「保険」の特集が載っていて、感じの良さそうな(写真の顔が)ファイナンシャルアドバイザーの女性がいたので、会社のＨＰを調べて連絡し、保険の相談をしにいったのである。

相談料は1時間1万円だった。事前にわたしの予算に合う保険を3つくらい探しておいてくれ、相談当日にいろいろと説明してもらった。そして、家に帰ってから自分で選んで申し込んだ。60歳まで、毎月4190円を払いつづける「終身保険」で、60歳以降は保険料を払わなくていいタイプである。医療保険なので、死亡時には、ほぼなんにも出ない。入院とか、手術のときのための備えである。フリーランスで働いているし、何かのときに役にたつかなぁと思ってのことだけど、今のところ、その保険を一度も利用する機会はなかった。

「利用しないのが一番いいんですよ」

相談に行ったとき、ファイナンシャルアドバイザーはそう言っていたっけなぁ。

お金のことは面倒くさいし、ややこしい。

うんと歳をとったとき、自分で管理できるのだろうかと暗い気持ちになったりもするのだけれど……、反面、まだまだ若いんだしと、考えつつも、考えすぎないようにしているのだった。

iPhone 4S パート2

iPhoneが少しずつ使いこなせるようになってきた。最初のうちはタッチパネルになかなか慣れず、スルーッスルーッと指で画面をスライドさせているうちに、電話をかけるつもりもない相手に発信してしまう、なんてことが度々あり、何度、冷や汗をかいたことか！

これを機に、二度と電話をかけないであろう相手のアドレスは消そう。

そう思って削除するものの、その作業中に間違えて発信になってしまったら……と思うと、めちゃくちゃ緊張したのだった。

そもそも、二度と電話しないとわかっている相手のアドレスを、どうしていつまでも残しているのか。

それは、その相手から電話がかかってこないかをチェックするため、ということになるだろう。こちらはもう連絡しないと思っているのに、先方はまだこちらに用事があった。その着信履歴の事実を踏まえた上で、今後、対応を迫られることもあるかもしれない。などという理由でアドレスを消していないのは、わたしだけではないと思いたい……。もう消したけれど。

アプリも買ってみた。ゲームや音楽などをダウンロードして楽しめると聞いていたから気になっていたのである。無料のアプリもたくさんあるけれど、有料のもので欲しいアプリを見つけたので早速ダウンロードした。ちなみに、ネット上でクレジットカードを使うのは不安なので、わたしのiPhoneは最初から「カード・無」の設定。なので、コンビニでiTunesカード（1500円分とか、5000円分とかいろいろあった）なるものを購入し、そのカードの番号をiPhoneに入力して買い物をすることになる。

わたしが真っ先に買ったアプリは「実物換算」。ものの長さや重さを何かに置き換えて換算できるアプリである。

たとえば、わたしの身長を入力する。167センチ。そのあとに、画面の「うまい棒」の文字をクリック。すると、瞬時に「うまい棒」14・5本と換算される。わたしの身長は「うまい棒」14・5本分なのだそうだ。へぇ〜。体重も入力してみた。57キロ。その後、バスケットボールの文字をクリックすれば、95個分と出た。結構な数になるものだなぁ、な〜んて、どうでもいいけどついつい調べたくなってしまうiPhone416個分の重量のわたしなのだった。

プチ沈黙

住民税を振り込まなくちゃと銀行に出かけて行きギョッとしたことがある。開封すると、まったく知らない人の納付書が入っていたのである。

これはどういうことだろう？

通知には、当たり前だけど、名前、住所、電話番号、なんかわからないけどさまざまな番号、それから納税する金額。この金額は収入によって違うので、見る人が見れば、年収というものが計算できるはずである。

封筒の宛名を確かめると、名前も住所もわたしのもの。中身だけが他人なのである。あやうく、知らない人の税金を納めちゃうところだった。

ということは、我が納付書はどこに行ってしまったの？　と考えるのが自然な流れであろう。わたしの名前、住所、電話番号、なんかわからないけどさまざまな番号、それから納税する金額。もしや、中身が入れ替わっていたりして。ひとよんで、個人情報。

家に帰って役所に電話した。あのぅ、中身が違うんですけど……。じゃあ、送り返してくださいとさらっと言われたものの、いやいやいやいやいや、わたしの用紙が先方に届いているのでは？　聞き返すと、「それは大丈夫です」とのこと。

「じゃあ、信じますけど、今度から気をつけてください」

「わかりました」

電話を切ろうとするので、ここは一言。

「あやまってないですよね？」

この後の「すみませんでした」は、なぜかプチ沈黙のあとだった。

加齢トーク

気の毒だなぁと思うのである。お仕事先の若者である。打ち合わせのたびに、40代女子たちの加齢トークに付き合わされている。

「なんかさぁ、去年着てた服が、今年は若すぎる気がするんです」

「あ、わかります、急に似合わなくなってるの」

「脂肪のつきかたも変わってきて」

「そうそう、なんかさぁ、最近、お肉が背中についてきた」

カフェで紅茶を飲みつつ、前回もこんな話してたよなぁ、と思いつつも、ついつい。

こんなわたしと先輩編集者を前に、20代の新婚ホヤホヤ編集者は「あ、わたしもわかります」などと気をつかって同意してくださっている。心優しい女子なのである。そういえば、彼女の結婚が決まったとき、ちょうど先輩編集者たちが40歳の誕生日を迎えるというので、合同でお祝いの会を開いたことがあった。

主催者であり、一番年上であるわたしがカンパイの挨拶。

「おめでとうございます！　たくさん食べてくださいネ、もちろん、お祝いのメインは40歳の誕生日です！　結婚は何回でもできるけど、40代に突入するのは一回限り！」

なんてことを言っては、またまた話題は加齢のほうへ。

「なんかさぁ、最近、急に白髪が増えてきちゃって」

「あら、わたしも見えない内側は、結構、白いかも」

毎度毎度、こういう話に花が咲くのはどうしてなのでしょう??

きっと、わたしたち自身が目新しいのだと思う。新発売のおもちゃを手に入れた子供みたいに、若者ではなくなった「新型の自分」を語りっこして遊んでいるのではないか。

気の毒なのは、近くにいる若者である。40代の「なんかさぁ、最近さぁ」も、いい加減、聞き飽きていることだろう。だけど、もう少ししたら我々も飽きてくるはずなので、しばしガマンしていていただければ……と思っているのでした。

案外楽しい会話です

久々の水中ウォーキング

スポーツクラブに定期的に通うことができる人って、意志の強い人なんだろうなぁ。と、毎度毎度、スポーツジムに通いはじめてから思うのである。

お試しキャンペーンなるものをやっていたので、何年かぶりにスポーツクラブに入会してみたものの、3カ月たった今では、ほぼ行っていない。最初のころは頻繁に通って汗を流しては、

「からだを動かすって、やっぱり気持ちがいいよ！」

友人知人に自慢げに語っていたくせに……。

それでも、新しく買った水着を一度も着ないのもなんだしと、プールを利用してみることにした。

平日の夜。ジムのプールは、がらんとしていた。ヨガスタジオやジムのフロアは、いつもたくさんの人がいるのでちょっと拍子抜け。寒くなってきたし、プールという

気分でもないのかもしれない。

まずは水中ウォーキング。水の中を歩くだけでも相当な運動量になるそうなので、大股でのしのしと歩く。歩く人用、ゆっくり泳ぐ人用、上級者向けとレーンに分かれているので気兼ねがいらない。

そういえば、わたしは中学生のとき、学校の水泳大会で「水中走」というレースに出て、断トツで1位になってみんなに驚かれたことがある。1列に並び、よーいドンで25メートルのプールを走る（というか歩く）レースだったんだけど、なぜ、わたしがこのレースに立候補したのかといえば、単に泳ぐのが苦手だったからである。泳がずに済む競技を探した結果が「水中走」というわけだから、生まれてから一度も「水中走」なるものをやったことはなく、水泳大会当日はぶっつけ本番。おそらく、他の生徒もそんな感じだったのだろう。

で、いざフタをあけてみれば、わたしは観客からの「どよめき」と「笑い」が起こるくらいのスピードで1番になったのだった。

なぜ、わたしはあんなに速く歩けたのだろう？　水の抵抗に強い歩き方があるんだろうか？　オリンピックに「水中走」なるものがあれば、わたしはスカウトされていたのでは？

そんなことを思い出しながらの水中ウォーキング。うん、これはなかなか気持ちがいい。よし、これだけでも続けよう！　そうすれば、駅の階段で息切れするような日々から抜けだせるに違いない！　決起したものの、その後、プールからも足が遠のく。たぶん、スポーツクラブ、近いうちに退会する予感がしている。

気を晴らすスイッチ

なにがどうというわけではないのだけれど、いろんなことが嫌になることがある。いろんなことというより、自分自身が嫌になるのだろう。

嫌になったところで自分から逃げ出せるわけもない。逃げた先で、新しい素敵な自分がニコニコ笑って待っていてくれることはあり得ないのである。わたしは、「わたし」のからだの中にしかいないのだった。

去年の暮れだっただろうか。ああ、なんか、もう、なにもかもうんざりする〜と、コンビニでチョコレート菓子など選んでいたときのことである。

レジの横にチラシが立ててあった。それは、クリスマスケーキのチラシだった。AKB48のメンバーたちが、サンタクロースの衣装でケーキの宣伝をしているものである。それを一枚手に取り眺めてみた。すると、ちょっと気が晴れたのである。彼女たちはにっこり笑っていた。トップアイドルらしい、自信に満ちた輝く笑顔である。たまたま目にして、ふいに明るい気持ちになったのだった。

今年に入ってからも、ああ、なんか、もう、なにもかもうんざりする〜ということがあって、家でぼーっとテレビを見ていたら、ひとりのスターに助けられた。たまたま、由紀さおりさんが『パフ』という曲をうたっていらっしゃった。小さな男の子が魔法の竜と友達になる、そんな内容の曲。由紀さんの優し気なうたい方を見ていると涙が溢れてきて、またもや、ちょっと気が晴れたのである。

スターと呼ばれる人たちの力って、やっぱりすごいものだなぁ。

わたしは、「わたし」のからだの中で感動したのだけれど、でも、それって、いろいろあるけど、元気を出してやっていこう！

と思っている「わたし」が、常に気持ちを切り替えるチャンスを探していて、よし、今回はコレ！　というふうに外の世界に反応しているのかもしれない。

同級生再会

学生時代の友人たちと15年ぶりくらいに再会。

「ぜんぜん変わってな〜い！」

みんなで駆け寄って喜びあう。しかし、変わってな〜いと言いつつ誰ひとり20代に見えぬということは、やはり「変わった」ということであろう。当然である。

「修学旅行、どこ行ったか覚えてる？」

5人もいるのに、行き先が判明しない。

「修学旅行でローラースケートしたやんな？」

「してへん、してへん！　でも、お餅は食べた」

「お餅？　それ林間学校と違う？」

「なんか、岩山、登った気がする」

「岩山？　なにそれ知らん」

わたしたちの修学旅行は、どれだけインパクトのない場所だったのだろう？　学校で先生に叱られたエピソードでも盛り上がる。こんなこともやった、あんなこともしでかした。思い出を並べ、お腹をかかえて笑い合った。涙でマスカラがすっかり落ちてしまったほど。

「朝日新聞に書いてええで」

友は言ってくれたけれど、先生に叱られた内容は、彼女たちの子供の教育上、しばしトップシークレットにしておくことにする。

「ところで、老眼、始まった？」

同級生だから質問しやすいカラダのこと。わたしが聞くと、5人中3人が手を上げた。

「ミリはまだ？」

「うん、まだ。最初はどんな感じ？　ある日、突然？」

「ゆっくり、ゆっくり」

43歳。わたしたちは、これからさまざまな変化に戸惑っていくのだと思う。

「更年期障害ってどんなかなぁ」

「ホットフラッシュって、急に汗が出たりするらしい」

ちょっぴり不安。自分の体調のこと、今後の親の健康のこと……。これから、なにが待ち受けているのか。

「なんとか乗り切っていこうな」

うなずきあい、笑顔で解散した寒い冬の夜だった。

ホット
フラッシュ
老眼？

打ち合わせの後のぶらぶらタイム

仕事の打ち合わせをしに出かけて行ったら、なかなか家に帰れない。打ち合わせといったところで、雑談を入れても、せいぜい1時間程度。済んだらさっさと家に帰ってこられるのだけれど、さっさと帰ることができないのである。

打ち合わせのお店に向かっているときから、打ち合わせの後のことを考えている。どこをぶらぶらしよう？

考えるだけで気持ちがゆるんできて、打ち合わせに必要な書類を忘れたりするのだった。

今日はランチを食べつつの打ち合わせ。話題の丸の内の『タニタ食堂』に出かけて行ったら長蛇の列だったので、あきらめて別のお店でもぐもぐ食べつつ、仕事の話など。その後、お仕事の方々と別れて、いよいよわたしのぶらぶらタイムである。

有楽町にある、地方の物産館がたくさん入っているビルに立ち寄る。北海道館でカニクリームコロッケを買って帰るか迷いつつ、秋田県の物産館では大好物の栗駒のソフトクリームを食べようか悩み、そうこうしている間に習っているピアノのレッスンの時間が近づいてきて、結局、なんにも買わずあわてて電車に飛び乗った。

ピアノの後はカフェでお茶をして、1時間くらい本を読んで、時計を見たら午後7時30分。

家に帰るにはまだまだ早い。そうだ、アロママッサージに行こう。アロマのお店でマッサージしてもらい、店を出たのが8時30分。その後、近くの雑貨屋さんに寄り、お弁当など必要ない生活のくせに、店先のかわいい弁当箱を手に取ってながめる。9時になって閉店のアナウンスが流れると、仕方なく電車に乗って最寄り駅にたどりついても、まだうろうろし足りていない。スーパーマーケットを隅々まで見てまわりつつ、夕飯の食材を購入。ようやく、自転車に乗って家に向かうのだけれど、途中、コンビニにも寄りたくなるのである。ローソンでパラパラと雑誌をめくり、小さなクッキーを買い、家に着いたのが午後10時20分。

夜ご飯を作って、食べて、新聞を読んで、この原稿を書いている今は睡魔が襲ってきているので、あとはお風呂に入って、布団の中で本を読んで寝ることになるはず。

打ち合わせは週に2回くらいにしておかないと、部屋の片づけもできないなぁ。

と思うより、早く家に帰ってくればいいだけのことである！

ぼんやりの考え事

エッセイを書くのにどれくらいの時間がかかるんですかと聞かれることがある。どれくらいだろう？　書いていない時間も原稿を書いているということもあるわけで、何分とも答えづらい。

書いていない時間に原稿を書くというのは、外をぶらぶら歩いているときなどにしている考え事の時間である。そういうときは、
今日はなんの原稿を書こうか？

と考えているわけではなくて、ただ考えているのだけれど、最終的には書くことに結びついていく。

最近、よく考えていたのは、人との距離の取り方について。

袖振り合うも多生の縁、ということわざがあるように、「出会い」というのは大切なものとされているわけである。しかしながら、その出会いの受け止め方も人それぞれ。

たとえば、友達と一緒にお花見の会に参加したとする。はじめて知り合う人も大勢いて、挨拶をして、一緒に楽しくご飯を食べて、家に帰る。わたしの場合は、ここでひとまず満足なのである。

けれど、後日、一緒にお花見に行ったわたしの友達が、そこで知り合った人々とすっかり仲良くなっていて、

「今度、一緒にケーキ教室に通う約束したよ！」

などと報告されると、人を受け入れる力量について考えさせられるのだった。同じ場所で、同じようにしていたはずなのに、人とのかかわり方がまったく違う。「人脈」という言葉は、こういうアクティブな人のためのものなんだなぁと感心するのである。

とはいえ、わたしにも親しくしている人たちがいるわけで、誰とも深くつきあいたくないと思っているわけでもない。ゆっくり、ゆっくり知り合っていくのが性に合っ

ているのだろう。

というようなことを、ぼんやり考えていた今日このごろ。今、携帯電話の時間を見たら17時19分。この原稿を書きはじめたのが16時12分だったから、取りあえず67分ということになる。

最近の悩み事

どうしよう、太ってきたのだった。

55キロを超えない人生にしようと誓ったはずなのに、3日前に体重計に乗ったら58・1キロ。もはや、60の大台は目前である。

そして、昨日、ついにとんでもない事件が起こってしまったのである。

知り合い数人とおいしい中華料理屋さんでたらふく晩ごはんを食べた後、コーヒーでも飲もうよと次のお店へと移動していたときのこと。仕事の連絡をしなければならぬ用があり、みながカフェに入ったあと、わたしはひとり表で電話をしていた。

「ちょっと待ってくださいね、今、手帳で日程を確認します」

しゃがんで手帳をひろげようとした瞬間、バリッという音とともに、ズボンが裂けてしまったのである。上に着ていたTシャツが長めだったので、誰にも気づかれはしなかったのだけれど、もう、本当に、お尻がぱっくりと！

30代のころは、いくら食べても体重ってほとんど変わらなかったのになぁ。

と、思ったところでどうしようもないのに、つい振り返って懐かしんでいる。年齢とともに体質が変わってきているということを、わたしはいつ自覚するのだろうか。

「いつやるんだよ、今だろう」

塾のコマーシャルでこんなセリフを聞いたことがあるなぁ。手始めに、2〜3キロなら努力すればすぐに痩せられる、と思うのを卒業したいところである。

そういえば、最近、自分の漫画の主人公である「すーちゃん」を描けば、心なしかふくよかになっている気が……。キャラクター設定が変わってしまわないよう、作者ともども体重管理には気をつけなければと腹まわりをなでなでする日々である。

大切にしてもらった成分

普段は忘れて過ごしているのだけれど、たとえば、駅から家までの道を自転車で走っているような、そんな日々のなにげない瞬間に、ふと、誰かに大切にしてもらった記憶が蘇《よみがえ》ってくるのだった。

それは、とても小さな出来事だったりする。

夕飯のおかずのおすそわけを持ってきてくれた近所のおばさんは、台所で絵を描いていたわたしに、

「上手やなぁ、おばちゃん、そんな上手に描かれへんわ」

いつも言ってくれた。ご近所さんといえば、会えばかならず、

「べっぺんさん！」

と声をかけてくれた楽しいおじさんもいたっけなぁ。特別、絵がうまかったわけでも、特別、かわいかったわけでもなかったのだけれど、誉《ほ》められるとうれしかった。

あれは、小学校の1年生のときだった。遊びの時間にクジ引きをすることになり、生徒たちはいっせいに担任の若い男の先生のもとに走った。ぐずぐずしていたわたしは、出遅れて一番ビリ。こんな後ろじゃ、クジを引いてもなんにももらえないに決まっている。悲しくて、つまらなかった。けれど先生は、みんなが並び終えた後にわたしのところにやってきて、

「一番最後に並んで偉かったな」

そう言ってくれたから、わたしはみるみる元気になったのだった。何十年も前のことなのに、思い出すと気持ちが強くなる。

親戚の家で熱を出したときに、冷たいタオルをおでこにのせてくれたおばさんのネギの匂いのする手、自転車で転んで泣いていたときに助けてくれた、お向かいのお姉さんの優しい声。父や母だけでなく、外の世界の人々が幼いわたしをひょいっと気にかけてくれた。そんなたくさんの「大切にしてもらった成分」が、大人になったわたしには詰まっているんだ、だから、きっと、わたしは大丈夫なんだ！　なにが大丈夫なのかはわからぬが……自転車をこぐ足どりが、ふいに軽やかになったりするのだった。

「大切にされた成分」が
しみこんでいる

70歳になったとき

「東京スカイツリーにのぼってみたいわぁ」

お正月に実家の母が言っていたので、東京に戻ってから、早速、旅行会社で予約を取った。日付け指定入りの展望台のチケットと、ホテル1泊がセットになっているお得なプランである。

夜ご飯はどこで食べようかなぁ。母はもう何度も東京に遊びに来ているので、もんじゃ焼きは経験済み。老舗のおそばも天ぷらも食べた。今回、泊まるホテルは浅草なので、昔ながらのすきやき屋さんに行こうかなぁ。

まだ先のことなのに、ガイドブックを眺めてはあれこれと計画を立てているわたし。そうだ、せっかくだし、上野動物園にパンダも見に行こう！　喜ぶに違いない。ご近所さんたちへ、東京スカイツリーやパンダの絵の入ったお菓子を買い、にこにこと笑いながら帰って行く母の姿が目に浮かんでくるようだった。

今年70歳になる母は、大阪から新幹線に乗って東京スカイツリーにのぼりにやってくる。わたしが70歳になったとき、わたしのことを新名所に連れて行ってくれる人はいるのだろうか？

わたしは大人になったけれど、誰の親にもなっていない。このままいけば、将来、自分の娘や息子が新名所に連れて行ってくれることはないのである。

さみしくないと言えば嘘になる。しかし、さみしいと言うと嘘になる。ふつうの気持ち。

そうそう、この原稿を書いている今は、仲良しの友と九州旅行から戻ってきたばかり。

「階段のぼるだけで、ハーハー言っちゃう」

なんて笑い合いながらあっちこっち観光してきた。

「ね、今年もみんなで花火、見に行こうね」

「その前にお花見やんないと」

30年後の新名所も、友人たちと力を合わせて行くのかもしれないですね。

今度、みんなで
高尾山
のぼろうよ
うん
旅の途中で、すでに
次の遊びのはなし

よろしくお願いいたします！

「ぜひ、お仕事を一緒にしましょう！」

そう言ってくださる方々がいて、漫画やエッセイの連載がスタートする。

「はい、よろしくお願いいたします！」

わりあいまじめなので、締めきりには、ほぼ遅れない。最近、週刊誌で漫画の連載がはじまったのだけれど、４カ月先の原稿まで仕上がっているというくらいのまじめさ加減である。さらには、４カ月などというのはあっという間に過ぎていくから、すでに追加で描いておかないと心配ぃぃぃぃと思いはじめているのだった。

いろいろな出版社があると思うので一概にはいえないけれど、連載をつづけていると、途中で担当の編集者が代わるということがある。人事によって、別の編集部や部署に異動なさるのである。

「ぜひ、お仕事を一緒にしましょう！」

と、最初に言ってくださった方とのお別れはさみしいもの。でも、また次に新しい担当の方が必ず登場されるので、誤字脱字の多いわたしは、「どうぞよろしくお願いいたします！」と頭を下げるのだった。

新しい担当者は、わたしの作品を知らなかった可能性もある。もしかしたら、全然、好きじゃなかったのかもしれない。

こう思うようにしている。そりゃあそうである、異動によって作家の割り振りがあるわけだから、ピンとこない作家にあたってしまう可能性は往々にしてあるはず。実際、わたしに興味ないんだろうなぁ〜と、感じることもあるんだけど、先方にしてみれば「この人、だれ？」という作家に当たって本当に気の毒な話である。

もっともっと若い頃は、そういう情況に気分が左右されたものだけど、最近は、「これはこれ、あれはあれ」、原稿に向かうときはあまり気にならなくなった。鈍感になったともいえるし、図太くなったともいえる。最終的にはどうなるんだろう⁇

とはいえ、人間は感情の生き物。息の合った人が担当者だとやっぱり心強いもの。心強いとパワーも出る。パワーを頼りに、まだまだ新しいことをやってみた〜い！と思うのだった。

母の字

ペン習字を習いはじめた母の字がみるみる上達している。もともと下手ではなかったとわたしは思うのだけれど、本人はきれいに書けるようになりたかったらしく、仲良しのお友達数人と教室に通っているそうである。

そんな母から、先日、小包が届いた。父が定年後に畑を借りて野菜を育てているので、ときどき採れたての野菜を母がきれいに梱包して送ってくれるのだ。ちなみに、我が父は凝り性なので、変わった品種の野菜をあれこれと育てており、中にはどう調理すればいいのかわからない野菜も交じっている。そのため、たいてい野菜には母による料理メモがつけてあるのだった。「さっとゆがいて、薄揚げと炊いたら美味しいです」「短いネギは、焼いて味噌をつけて食べると美味しいです」「とても辛い大根です」。そのメモの文字が日増しに達筆になっており、ペン習字の成果をさりげなく……というか、大々的にアピールしているかのよう。

ここはやはり、わたしも大々的に誉めたほうがよいのではなかろうか？「野菜どうもありがとう、きれいな字だね！」。すぐにメールをしておくことにしている。

ペン習字教室できれいになった母の字。でも、やっぱり、母の癖が見えかくれしている。子供の頃から馴染みのある懐かしい文字だ。

小学校の低学年のころの教科書を今でも何冊か残してあるのだけれど、どれも母の字でわたしの名前が書いてある。

学校で心細くなったとき、「お母さんの字だ！」と、元気が出たこともあったのかもしれないなぁ。

ふいに、そんなことを思った。

親になってはじめて親のありがたみがわかる、とも言われているけれど、それぞれのタイミングでありがたがったっていいのではあるまいか。この先も、「ありがたかった」と感じることが新たに出てくるのかもしれないので、そのたびに、ありがたがればいいという気がしている43歳の春である。

親からの小包が
届く、小さな幸せ

盛りだくさんの一日

初夏の日曜日。

今日は一日遊ぶことにしよう！

朝ご飯を食べ終えると準備をして駅に向かった。涼やかな風が心地よく、自転車も快適である。「駅から遠い家に住んでよかった！」。こんな日は賃貸マンションの立地すら愛おしくなる。

まずは映画。彼とも意見が合い、『テルマエ・ロマエ』を見に行く。上映ギリギリだったので、前のほうの席しか空いていなかった。ほぼ満席。先週、打ち合わせの合間に見た『宇宙兄弟』もギリギリで前の席だったので、まるで、前の席が好きな人間のようである。

映画が終わって会場が明るくなると、左隣に座っていた若い男の子が、

「今、超、風呂入りてぇ」

と言っていた。

映画の後は、代々木公園で行われているタイフェスタへ。野外に、ものすごい数のタイ料理の屋台が並ぶイベントで、何年か前にも行って楽しかったので、ぶらっと足を運んだ。

あるある屋台！　そして、人もてんこもり。みんな、屋台をのぞきこみながら歩くものだから、なかなか前に進まない。ばったり知り合いに会って、10秒ほどご挨拶。タイの焼きそばパッタイ、魚のすり身揚げ、揚げ春巻き。熱々をその場でハフハフ。ハフハフしつつも、隣のカップルが食べているお皿の中身も気になるのである。

はじめて食べるおいしいデザートもあった。米粉とココナッツミルクを混ぜ合わせた生地を、たこやきの機械みたいなので焼いたもの。ほのかな甘さと、とろりとした食感。あんまりおいしくて、安いたこやき器を買って帰ろうかと思ったくらい。

満足、満足。立ち食いタイムの後は、お店に入ってちょっとひと休み。映画のパンフレットをめくりつつ、冷たいジンジャーエールを飲む。

さて、じゃあ、しばし別行動にしよう。わたしは本屋さんへ。カートを押しながら、隅々まで見てまわる。料理、旅、法律、資格、経済、歴史。興味があるないに限らず、一通り眺めて歩くのが好きなのだった。中学校の参考書コーナーでおもしろそうな本があったので1冊カゴに入れ、あとは福岡伸一さんの新刊を2冊。書店を出て喫茶店で1時間ほど読んでいると日も暮れはじめ、再び彼と合流し、デパ地下でそれぞれ食べたいものを買って家路についた。わたしの一日など知ったこっちゃないとでもいうように、洗濯物がカラリと乾いていた。

大人失敗

やることなすこと裏目に出てしまう日というのがある。

仕事の会食。久しぶりに着物にしようとひらめいた。着付けを習ったことがあるので一通りのことはできるのだけれど、今のわたしの帯はマジックテープでバリバリッととめるだけ。「つくり帯」というものがあることを知り、本を買ってやってみたらすぐに作れた。帯をペタンペタンとお太鼓状に折って縫い付ければあっという間に完成。切ったりしないので、糸をほどけばいつでも元通りになっちゃうのだ。

マジックテープ帯なら、簡単に着物が着られるので、ささっと準備をして玄関に向かう。そうだ、いただきもののソースがあったんだった。瓶詰のおしゃれな野菜のソースで、ちょうど人数ぶんあるのでおすそ分けしよう！　取材先でもらった紙袋を思い出しそれに詰めた。

会食は野菜のおいしいレストラン。女子ばかりの会食なので、仕事なのに女子会気分である。とっても楽しかった。楽しかったのだけれど、わたしが着物で登場したがゆえに、テーブルにはどことなく緊張感が走っていた。着物といえば準備に時間がかかるイメージがあるので、先方にも気づかいというものが生まれるわけである。それが、いくらマジックテープ帯だったとしても……。

「わざわざお着物でお越しいただいてありがとうございます」

と言われ、ああ、そうなっちゃうんだ！　と反省。さらに、お着物だからと帰りは店に車まで呼んでいただき、野菜ソースのおすそわけには「こちらは気がきかなくて」と恐縮され、もらいものの紙袋のかわいさまで誉めさせてしまう情況に。

着物（わたしのは春物のコートくらいの値段）をひとつ持っていたら、どんな会食だって「なにを着ていこう」って迷わなくていいから楽だなぁ、と思っていたのだけれど、仕事の席では気を使わせてしまうばかり。大人失敗の夜であった。

「なで肩だから
着物が似合うよ」

と、子供の頃から
言われつづけて
きました

口に出して楽しむ

ついさっき、久しぶりに会う女友達とご飯をして帰ってきたばかり。カウンターで食べる気軽なフレンチレストラン。海老やホタテがぎっしり入った熱々のグラタンを分け合いつつ、キャッキャッと旅行の計画をたてた。フランスのニースに行きたいね、香港もいいね、ニューヨークも行ってみたいなぁ、セントラルパークとか。

旅行の計画というのは、実行することだけが目的ではない。口に出して楽しんでいるというか……。

やってみたい習い事の話もそれに似たようなもの。

「料理を習ってみたいんだよね、ほら、香辛料をいろいろ使うようなカレーとか」

「あ、いいね、やりたい！」

「和食も習いたいんだよね」

「わかる、和食の基本を知りたい」

これくらいの話題で、2時間半くらいはすぐに過ぎてしまう。

お腹いっぱい食べて、デザートも平らげ、ごちそうさまでしたと店を出た。

まだ9時30分。どうしよう？

雑貨屋さんがあったので、ぶらっと見てまわる。家具も売っていた。

「このソファ、欲しい〜」

「いいね、欲しい〜」

座り心地を試してみれば、ほどよい固さ。でも、ふたりとも買う気はない。いいね、欲しいねと言いたいだけ。

いろんな「欲しいもの」が出てこなくなると、自分の未来が先細りしているように思えて、それで、どこに行きたい、習いたい、買いたい、食べたいって言っているのかも？　なんて思いながら、家具コーナーを後にした。結局、その店で購入したのは、若葉色のキラキラした280円の歯ブラシ1本。小さなものでも、買うと妙に満足しちゃう。

「じゃまた、おいしいもの食べにいこうね〜」

夜の表参道駅で元気よく友と別れ、楽しかったなぁとパソコンの画面を見ている今なのである。

損得メモリ

損をしたくない、という気持ちの強弱は人によって違うのだろうけれど、自分のメモリは、一体、どのくらいなのだろうか、などと考える。お金の話である。できれば得をしたいと思う。しかし、現実には、損をしたくないと考えることのほうが圧倒的に多い。

そもそも、お金で得をすることなど普段の生活には少ないというか、もちろん、得をしている人もいるんだろうけれど、そんな得をしているように見える人でさえ、「損をしたくない」と日々、思って生きているのかもしれない。得をするって、買おうと思っていたバッグがちょうど安くなっていたとか、そんなレベルでしかないような気がする。

それにしても、お金って不思議なものである。得をしたい、損をしたくない、とは別に、損をしたってかまわないから、意地のほうを優先したいこともある。わたしにもある。そういうときは、たいてい怒っている。お金のいざこざは体力も精神も消耗するので平常心に戻るのに時間がかかり、その時間にできたであろうことを思うと、二重に損した気持ちになるのだった。

金額としては損をしているけれど、楽しい損というのもある。

ついこの前もそう。飲んだ帰りに、女友達数人とゲームセンターのUFOキャッチャーで、どうでもいい人形を取るためにひとり2000円くらい使い、人形が取れたら取れたで「あげる」「いらない」と押し付けあい……。普段の生活で、おつりが2000円少なかったことに後で気づく、みたいなことがあれば腹も立てようが、どうでもいい人形の2000円は楽しかった夜の価格だから惜しくないのである。

人はいつかは死んでしまう。わたしが死ぬとき、わたしの財布の中にはいくら入っているんだろう？　1万円？　5000円？　使えないままになったそのお金を思い、せめて日々の小さなお金の損をやり過ごすというのはどうか。

「うわっ、このケーキ、高かったのにおいしくない！　でも、まぁ、アノお金を先に使ったと思えば……」

　この手法ですべてのことを乗り切っていければ、ずいぶん気持ちも軽くなるだろうなぁと妄想だけはするのだった。

両親への挨拶

　結婚式帰りの若い女の子たちの集団を街で見かけると、思わず振り返って眺めてしまう。セットした髪と、ふんわりしたワンピース。サイフと携帯電話でいっぱいになる小さなバッグと、それに入り切らなかったその他のものを入れる小さな紙袋。さらに引き出物の紙袋を下げ、花嫁のブーケを手にしている子もいる。どんなに荷物が多くても、めいっぱいオシャレをしているから本当に楽しそう。

　自分の結婚式は、どんなふうにしよう？

　こんな年頃のときのわたしは、友達の結婚式が、毎回、下見のようでもあった。

　結婚式のクライマックスである両親への手紙。もしかしたら、予行演習などと実際に書いてみたことだってあったのかもしれない。

うちの父は、結婚式前夜に「今までおせわになりました」と、娘に挨拶される日をずっと楽しみにしているようだった。

「ワシ、泣くかもしれんなぁ」

ことあるごとに言っていたけれど、長女のわたしはそう挨拶する機会もないまんま。既婚の妹は、父の夢を叶えてあげたのだろうか？　確かめてないのでわからない。

そう考えると、わたしは親に改まってお礼を言ったことがないんだなぁと思う。結婚式での親への手紙というのは、なかなか便利なシステムのような気がする。

東京で働こうと思いたったのは26歳のとき。家を出る前夜、父は、東京―新大阪間の新幹線の回数券を6枚くれた。いつでも帰ってきたらいいという意味だとはわかったのだけれど、わたしはそういうことが照れくさくて、ちょっとぶっきらぼうなくらいの顔で受け取ったのだった。「今までおせわになりました」と挨拶をするのは、あの夜がチャンスだったのだろうか？

でも、もう、このままお礼は言わなくてもいいや。きっと、わかってくれていると思いたい。そう思いたい心は、子供の世界から来ている気がする。

20代の頃、
ホテルのイベントで
ウェディングドレスを
着たのが
最初で最後でした

ふるいの網

今年は映画や舞台をできるだけたくさん観よう！

そう思って、あちこちと出かけている。

いちばん最近では、三谷幸喜さん翻案・演出の『桜の園』。劇場にはすごい数のお花が届けられていて、ちょっとした植物園ができるくらい。

「こんなにあったら、わたしが届けたお花どこにあるかわかんないなぁ～」

一緒に行った人に言ったら、益田ミリの名前を探してくれそうになる。

「って、冗談ですョ！」

三谷さんとも役者さんたちとも接点はない。客席は超満員だった。

宮沢賢治の朗読会というのにも行った。日替わりでいろんな方が宮沢賢治の詩や本を朗読するというもので、シンプルな舞台だった。わたしが行った日は、小泉今日子さん、風間杜夫さん、星野源さんのお三方だった。

そうそう、ウィーン少年合唱団の舞台にも行ったんだった。新聞広告で見てチケットをとってみた。当日は、少年たちの澄んだ歌声にうっとり。日本語で『ふるさと』を歌ってくれたときは思わず涙ぐみそうになってしまった。

涙ぐむといえば、ケラリーノ・サンドロヴィッチさん作・演出の『百年の秘密』という舞台を見ていたら、隣の席の青年が、終盤、ずーっと泣いていて、わたしも最後には涙ぐんでしまった。３時間半近い歌舞伎なみの長いお芝居だったんだけど、いつまでも見ていたいような舞台だった。

映画館にも出かけている。先日の台風の夜、韓国映画『サニー』を観た。めちゃくちゃ短く説明すると、疎遠になっていた女子校時代の仲良し６人グループと大人になって再会するという物語。放課後、みんなで聴いていた外国のヒット曲。再会後、彼女たちがそのメロディに合わせて踊るシーンがある。わたしの高校時代ならマドンナだろう。体育の授業に「創作ダンス」というのがあって、我が班は、マドンナの『ライク ア バージン』で踊った。毎日、遅くまで練習し、発表会が終わった後も、

「最後にもう一回だけみんなで踊ろう！」

な〜んて言って、学校の廊下で踊った日からかれこれ25年もたっているとは……。

『サニー』は、そんな頃の自分を思い出す映画だった。

あとは、ウディ・アレン監督の『ミッドナイト・イン・パリ』も観に行った。ダリやピカソが活躍している時代のパリにタイムスリップする物語。オシャレだった。いろいろ観るというのは、たくさんの砂をふるいの中に入れる作業に似ている。たくさん入れれば、引っ掛かるものも増える。わたしのふるいの網はちょっと大きめだけれど……でも、なにかがつぶつぶと残っている気がするのだった。

未来の自分へ

「自分のしゃべるのを人が黙って聞いてくれている、その怖さ、面目なさ、申しわけなさ、ありがたさ、嬉しさ、勿体なさを、気付かないでいるのは、老いたるシルシである」。田辺聖子さんの『乗り換えの多い旅』（集英社文庫）の中の一節である。

わたしは40代なので「老い」という言葉を使うにはちょっと早いとは思うものの、自分の話を長々と聞いてもらっている情況にたいして用心するクセをつけていかないとなぁ、と若い人との会食の帰り道などに反省するのである。

それで、あることを思いついたのだった。未来のわたしに手紙を出すってどうだろう？　20年後、わたしは63歳。そのわたしに「今後、気をつけるべきこと」をしためておくのである。自分のことってなかなか冷静にはなれないものだし、尚かつ、わたしには子供がいないわけで、「お母さん、そういうのよくないよ」などと指摘してくれる若い人もそばにはいないはず。ならば、ここは「43歳のわたし」が、「63歳のわたし」の娘になったつもりで苦言を呈しようではないか。自分に言われるのであれば、腹の立てようもない。手紙を書いたら封をして保管する。そして、内容をすっかり忘れているであろう20年後に読んで気を引き締めるのだ。

まずは、「自分ばかり話さない、人の話も聞く」は書いておきたい。ペラペラ自分ばかり話す傾向があるので、20年後はそれが濃くなっている可能性は大いにある。

あとは、そうだなぁ、「待ち合わせ場所はしっかりメモすること」も重要な気がする。ついこの前も、打ち合わせに出かけ、勘違いして全然違う喫茶店でひとりポツンと待っていたばっかり。

「眉毛を定期的に整える」という一文も入れておいたほうがいいだろう。のびてしょっちゅうモサモサになっている。

いやいや、待て。これって別に、20年後というより、すべて今も気をつけなくちゃいけないことなのかもしれませんね……。

未来の自分への手紙

すーちゃん　まいちゃん　さわ子さん

初号《しょごう》試写というものに行ってきたのだった。映画の完成後、関係者だけで集合して見る試写会のことである。わたしは映画の原作者として関係があるので、試写の仲間に入れていただけたのだった。

漫画『すーちゃん』シリーズが、『すーちゃん　まいちゃん　さわ子さん』という、長いタイトルになって、来年春に映画として公開される。たんたんとしていて、劇的なことが起こらないわたしの漫画を、実写で映画にするって大変だろうなあと思っていたのだけれど、完成した映画もたんたんとしていて、劇的なことは起こらなかった。なのに、泣いてしまった。じんわりと切ないのである。

そして、泣きながらも、待て、泣いていいのか？　とも思っていた。原作者であるわたしが泣くということは、自分の漫画に泣いているということにもなるので、それって、自分大好き人間、みたいなことにならないのだろうか⁇　バッグにハンカチは入っていたのだけれど、涙をぬぐうこともはばかられ、あきらめて流しっぱなしにしておいたのだった。

映画が終わって電気がつく。１００人くらいの人がいただろうか。わたしはいい映画だと思うのだけれど、みんなはどうだったのだろう。街の映画館とは違い、お友達同士わきあいあい、という感じはない。仕事なのである。

会場を出ると、わたしのほうに視線が集まった。

「どうでしたか？」

という視線である。

わたしの感想がそんなに大事とは思ってもみなかったので、まごまごする。

「すごくよかったです」

としか答えられなかったけれど、本当にすごくよかったのだ。ちゃんと伝わっていたのか心配……。

原作にないシーンもたくさんあったが、それもまた新鮮な気持ちで観られた。すーちゃん役の柴咲コウさん、まいちゃん役の真木よう子さん、さわ子さん役の寺島しのぶさん。豪華共演なのだけれど、その豪華共演を忘れてしまうくらい、揺れ動く女性たちの気持ちを自然に演じられていた。プロとはこういうものなのだろう。

ひとつだけ、家に帰ってからも気になっていたこと。それは、カフェのシーンで「すーちゃん」が作っていた料理である。白いお皿にこんもり盛られた黄色い料理。何度も出てきた。プリンのようでもあるし、オムライスのようでもある。そして、オシャレである。できれば一度、食べてみたい。あれは一体、なんだったんだろう？初号試写の直後に監督に聞くことでもないような気がして黙っていたけれど、いまだ気になっているのだった。

痩せる努力

仕事でお世話になったお礼を兼ねて、わたし主催の夕食会。こちょこちょといろんなものが食べられる気軽なイタリアンのお店を予約する。

女子3人。みなビールを注文するが、わたしともうひとりはノンアルコールビール。気分だけでもね、なんて言って「カンパーイ」。お酒がまったく飲めないわけではないのだけれど、弱い質《たち》なので頼むとちびちび口をつけることになる。ゴクゴク、プハーッと飲みたい気分のときは、こういうビールも便利だなぁと感心する。

カンパイの後、すぐに小さなグラスに生野菜と果物で作ったジュースが運ばれてきた。「食前に飲むと消化を助けるんですよ」とお店の人に言われ、じゃあ今夜はいっぱい食べても平気ですねぇ、とわたしたち。

「そういえば、手作り野菜ジュースを飲んで、お腹まわりがすっきりしたっていう知り合いがいます」

ひとりが言い出し、これをきっかけに話題はいっきに「痩せる」テーマへ。最近、はやっているというＤＶＤ付きのダンスの本で盛上がる。

「わたし持ってます」

「えっ、そうなんですか？　くわしく知りたい！」

などと言いつつ、出てくる料理を片っ端からペロリ。デザートまできっちり食べてお腹はパンパンに。

「消化のいいジュースも飲んだし大丈夫ですよね〜」

「大丈夫、大丈夫！」

言葉にすれば、本当に大丈夫なような気がするから不思議である。

解散後、もちろんわたしは本屋さんに直行し、話題に出たダンスの本を買って帰る。早速、ＤＶＤを見ながら試してみたものの、自分のリズム感のなさに呆れてしまう。窓ガラスに映るわたしの動きは、ダンスというより助けを呼んでいる人のよう……。

痩せる以前の問題である。ダンスはあきらめて手作り野菜ジュースの路線でいくことにし、後日、安売りのハンドミキサーを買い、食事の前に作って飲んでいるところである。

おいしかった、
お腹いっぱい！
痩せたいな〜
いろんな気持ちで
家路につく
夜でした

雨がかかるお席

「雨がかかるお席でもいいですか?」

というセリフはあきらかにヘンなのである。

お茶をしようと友達とカフェに入ったら、お店の男性に入り口でこう言われた。思わずおうむ返しになる。

「雨がかかる席でもいいですか、って??」

店には眺めのいいテラス席があった。

「テラス席と中の席、どちらがよろしいですか?」

そう聞かれたので、テラス席と答えたところ、冒頭のセリフを返されたのである。

雨がかかる席なんかに座りたくはない。しかし、どちらがいいかと聞くということは、座れないこともないのだろうか。これって禅問答?

「雨がかかるのに座れるんですか?」

聞き返してみる。すると、一応かからないけど、雨の情況によってはかかるのだそうだ。

「じゃあ、雨がひどくなってきたら中の席に移っていいですか？」

と聞くと、席の移動はお断りしておりますとピシャリ。

なんだそれ？

普通だったら「じゃあ、もういいです」と店を出るところだけど、急に雨が強くなり、周囲にお店がない。雨の中うろうろするのも面倒だし、ここはぐっとがまん。

「中の席でいいです」と言いかけるも、「雨がかかるお席」とは、一体どういうものなんだろう？　という興味もありテラス席に案内してもらうと、その席は雨がかかってはいなかった。

「よかったね」

なんて言って友達とコーヒーを飲んでいたのだけれど、気の毒なのは隣の席の年配のご夫婦。テーブルの三分の一くらいが雨に打たれてびしょびしょに濡れているのだった。

ええーっ、と思って見ていたら、荷物が濡れないように傘までさしはじめた。ついには、座れないくらい強い雨になり、ふたりがコーヒーカップを持って空いている席に移動しようと立ち上がった瞬間、さっきの店長らしき男性が飛んできて、

「そこは予約席です。お席の移動はできないと、最初に言いましたよね？」

ご夫婦は、再び雨が降る席に戻って行ったのだった……。

しかし、さすがに彼もどうかと思ったのか、アルバイトの女の子に向かって、

「ちょっと、このテーブル、もう少し中に動かしてあげて！」

と指示していた。移動するスペースを作るくらい最初から簡単にできたじゃーん、と彼以外の人間はとっくに気づいていたのである。

同じ仕事であっても、人にはいろんな働き方ができる。彼は、お客さんがたくさんいる中で、

「その席、ひとり座らせるから片づけて！」

などと、始終、バイトたちに指示を出していた。なんと雑な働き方よ。働き方とは生き方ではないか。

いやいや、今回、わたしがもっとも注目したのは、実はここではない。傘をさしてコーヒーを飲んでいたご夫婦のほう。テーブルを動かしてもらったとき、「ありがと

うございます」と頭を下げていた。

どんだけ大らかなのだ⁉

ある意味、感心してしまったのだった。

大人の楽しい将来

仕事の打ち合わせの後、デパートをぶらぶらしていたら友達からメール。久しぶりに三人で合おうということになる。

仲良し女子三人。みな、とっくに40歳を超えている。大人になって知り会い、ときどきご飯に行ったり、映画に行ったり。いつも三人というわけではなくて、都合がつけばふたりでお出かけもアリである。

新しくできたショッピングビルのレストラン街でご飯を食べたあと、

「ついでに新しいカフェも開拓しよう！」

夜の渋谷をうろうろするが、金曜日でどこもいっぱい。

「ね、あのビルの最上階。お店っぽくない？」

見上げてみれば、テラスから木が見えている。オープンテラスのカフェかもしれないね。行ってみるかとビルに入れば、入り口に店内の写真。レストランとバーが合体したムーディなお店で、テラス席にプールがあった。

「オシャレな人々が集ってそう」

「やめとこ、やめとこ」

いくら大人になっても、こういうお店は入りにくい。引き返し、結局、いつも行くカフェでコーヒーとケーキでまったりする。知っている店が落ち着くお年頃である。

「ねぇ、老後、カフェ始めたら？」

お勤めの子に強引にすすめる。

「いいよ。じゃあ、メニューはお茶とおつまみ」

「甘いものは好きなの持ち寄りネ」

「靴ぬいで、テレビ見られるお店がいいな」

「それって、もはや家だよ」

会話に老後の話題を盛り込まずにはいられないのは、笑いとばしたいからかもしれない。もう誰にも将来の夢は聞かれないけど、大人になっても将来はある。年金はいくらもらえるかなぁ。消費税も上がるらしい。病気になったらどうしよう……。不安あれこれ。なのに、終電間近の駅で別れるときは、来月の花火大会の日程の確認をしていたりするわたしたちなのだった。

マッサージイスがあるカフェは？
いいねー

いろんな世界を

お芝居や映画、展覧会などをたくさん見る日々である。

試写会で『人生、いろどり』という映画を見た。過疎化が進む徳島県・上勝《かみかつ》町での実話である。

山の「葉っぱ」を摘んで売ろう！　ある時、おばあさんたちが決起する。葉っぱを料亭などで料理の「つま」として使ってもらおうと考えるのである。バカバカしいと笑われても踏ん張って、今では年商2億円のビジネスになっているのだそう。吉行和子さん、富司純子さん、中尾ミエさんを「おばあさん」と呼ぶには抵抗があるけれど、素敵なおばあさん役を演じられていた。

夏休みに見に行った映画といえば、『アメイジング　スパイダーマン』と、『ダークナイト　ライジング』。スパイダーマンとバットマンである。こういうアクションヒーローものを見る機会がほとんどなかったので、ちゃんと見てみるのもいいだろう。

そう思って映画館に入ったものの、初心者なのであたふた。バットマンでは、やたらと「ゴッサムを救え」みたいなセリフがあって、「ゴッサムってどの人のことだっけ?」と頭をひねっていたら、ゴッサムは街の名前だった。気づいたときには、もう映画は終わりかけていた。

ヒーローといえば、東京都現代美術館の『館長庵野秀明　特撮博物館　ミニチュアで見る昭和平成の技』という展覧会にも行ってきた。ウルトラマンを間近で見られて嬉しかった。ウルトラマンが宇宙人だということをはじめて知ったわたしである。ウルトラマンではなかったけれど、展覧会のために特撮で撮り下ろしたという映画もあり、その制作シーンも会場で流されていた。もう、これが本当に楽しい!　大人男子たちが集まって、ミニチュアのビルの爆発のさせ方なんかを語り合っているときの嬉しそうなことと言ったら。

他にも、松尾スズキさん作・演出の舞台や、藤山直美さんの舞台にも行った。宮藤官九郎さん脚本のコクーン歌舞伎『天日坊』は、美術も斬新だった。まるで、紙芝居をめくるように舞台が進んでいく。幕のかわりに大きな「箱」を用いるなんて、どうしてこんなことを思いつくことができるんだろう?　中村七之助さんの女盗賊にもしびれてしまった。

お芝居や映画、まだまだあれこれ見ている。たまに、見に行った人たちと食事をしながら感想を語り合うこともある。全体の構成があまい、あそこがダメだった。調子に乗って「そうですねぇ、もうちょっと丁寧に作ればねぇ」などと同調していると、最終的にはモヤモヤしながら家路につくことになる。わたしの仕事もそんなふうに評価される対象なのである。

今は、秋に出版予定の漫画を清書中。よく描けたと思っているけれど、評価されてもされなくても人生はつづいていく。そのためにも、いろんな世界を見ておきたいと思うのだった。

あんなに苦手だったこと

大人になったら自然にできるようになっていたことがある。

水泳である。子供のころは学校の25メートルプールを泳ぐにも、途中で2度、3度立たないとたどり着けず、夏の体育の授業が大嫌いなまま学生時代を終えたのだった。

そして、月日は流れ大人になったわたしは、誰に教わるわけでなく、なぜか普通に泳げているのだった。

何年前だっただろう？　会社員をしていた頃だから、20年くらい前だろうか。テレビをつけたら、平泳ぎの解説をしている番組がたまたま流れていた。水泳をしている人を水中から撮影した映像をぼーっと見ていたら、急に「わかった！」と思った。泳ぐという行為がどういうものか、視覚的に理解できた気がした。

わたし、なんか、もう泳げる気がするなぁ。

その夜、小学校のプールをすいすいと泳いでいる夢まで見たのである。

それからしばらくして、職場の同僚たちと新しくできたスポーツジムに通うようになり、実際にプールで試してみたら、25メートルを一度も立たずに泳ぎ切れた。不思議だった。あんなに苦手だったことが、すんなりできてしまったのだから。

やっぱり、あのテレビを見たのが良かったんだなぁと、ずっと思っていたのだけれど、最近、またプールに通うようになって、それはちょっと違うなと思ったのである。

子供の頃、わたしが水泳ができなかった背景にあったもの。それは、泳ぐことそのものよりも、水の中で目を開けられないとか、耳が弱く、プールの季節が終わると耳鼻科通いで痛い思いをしなければならない「予感」とか、飛び込みが恐ろしかったとか、そういうところの恐怖のせいだったのではないか。

大人世界の水泳には、ゴーグルも耳センもある。水温はいつも適温。飛び込みもない。そして、そして、誰とも競争をしなくていいのである！　わたしが恐かったものがなにもない。大人のプールの時間はなんて楽しいのだろうと思う。

その昔、30歳になる記念に
脇の永久脱毛もしたしね〜

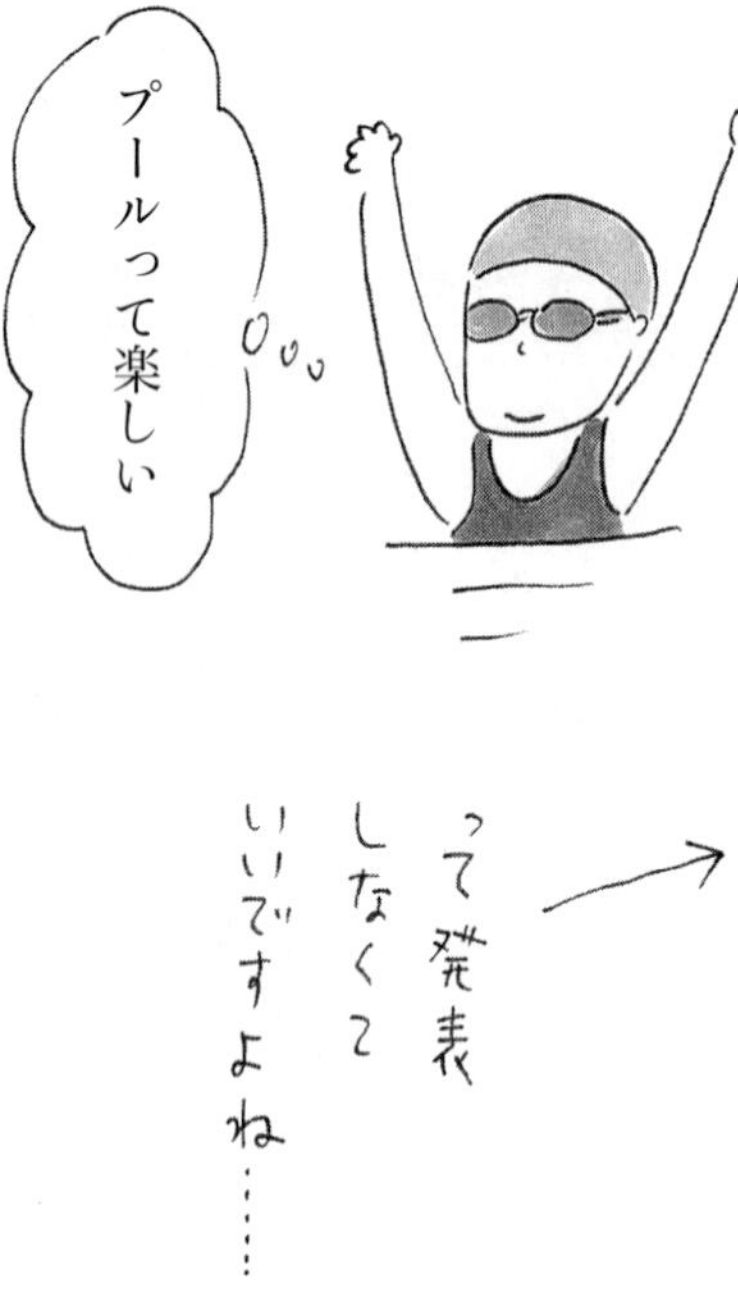
プールって楽しい
って発表
しなくて
いいですよね……

友達のタイプ

あれはいつのことだっただろう？　昔の話である。

「わたしも、わたしの友達も、み〜んな、こんな感じなんですよ」

と言われて、モヤモヤッとしたのである。

こんな感じの、「こんな感じ」とは、女子っぽくない、ということのようで、女子っぽくないグループで良かった、と告げられたのだった。

家に帰る道すがら、わたしは自分の胸に湧き上がったモヤモヤについて考えていた。

そして、モヤモヤの原因が見えてきたのである。

わたしは女友達とケーキを食べに行ったり、映画や観劇に行ったり、ちょっとした土産を交換しあったりしてキャッキャッと喜びあうのを楽しいと感じる。だから、なんとな〜く似たような友達が多くなる。女子っぽいというのは、ここのことであろう。

これがどうやら合わなかったみたい。

だけれど、わたしにだってタイプの違う友達もいるのである。

甘いものが嫌いな友達もいれば、お酒が大好きで酔うと目が据わっている友達もいる。おおざっぱで雑な友もいるし、観劇が苦手という友もいる。友達のタイプがすべて同じということもない。

そもそも、ケーキや観劇が好き～などと言っているわたしにしたって、脇毛がどーとか、陰毛がなんだとかというエッセイをなぜか書きたくなり（書くんだけど）、友人たちには「なぜにそういうこと書くかなぁ」と首をかしげられている可能性は大いにあるわけである。性格が一貫している人間なんて、そうそういるものではない気がする。

わたしはあのとき、同じタイプの友達しかいないと決めつけられたことにモヤモヤしたのではないか。ざっくりひとまとめにされてしまっては、我が友に申し訳がたたぬ。いろいろなのだ。理由がわかりホッとしたのだった。

自分の性格

「人って変われるの？　人は、変わることができる？　などとずっと考えて生きてきた気がする」。

あるマンガの冒頭で、主人公の女性が自問するセリフである。

わたしも子供の頃からよくそんなことを考えていた。そして、大人になった今でも、やっぱりときどき考える。情況が悪いときに考えるのである。

漫画はこうつづいていく。

「サッパリした人、芯が強い人、おだやかな人、小さいことにこだわらない人、甘え上手でかわいい人、裏表のない人、他人のことを悪く思わない人、豪快で太っ腹な人」。

主人公は、これらはすべて、自分がなりたい人たちのひとりなのだと、ため息をつくのだった。

わかる、わかるよ！

同感するものの、この主人公は最終的に、「違う誰かのようになりたいと思わないのはいい気分だ」という境地にたどり着けているので、本当にうらやましい。わたしはなにか失敗をしでかすたびに、あんな人になりたいなぁ、こんな人になりたいなぁと妄想するのである。

わたしは、サッパリした人でも、芯が強い人でも、おだやかな人でも、小さいことにこだわらない人でも、甘え上手でかわいい人でも、裏表のない人でも、他人のことを悪く思わない人でも、豪快で太っ腹な人でもない。重ね重ね、残念だ……。自分の性格の中で嫌いな部分があるのは、なんとも切ないことである。

だけれど、いくつかの好きな部分のおかげで、大抵、なんとかなっているのだった。

わたしが自分の性格の中で気にいっているところ。それは、

「ひとつのことで失敗したとしても、自分のすべてがダメと思わない」

ここが一番好きだなぁと思う。どうしてこの気持ちが揺るがないのかはわからないけれど、これがあるだけでヘコたれないで済んでいる気さえする。思い込みも重要である。

「あるマンガ」って
実は自分の
だったりして
へへへ
すーちゃん
映画化に

さみしさの正体

夕方の混んだデパ地下で「イカフライ100グラムください」と言っているときに、急にさみしさが込みあげてきたのだった。

そのさみしさは、孤独というたぐいのものではなく、無力感のようなものなのだと思う。

ついこの前までそこらへんにあった若者の時間。過ぎてみれば、30代なんて20代みたいなものだった。ショッピングに行けば欲しい服がたくさんあり、カラオケに行けばラブソングを歌い、誰かにくどかれたり、誰かを好きになって苦しくなったり……。なのに今は、中年の服がわからず迷走中で、カラオケにも行かなくなってきたし、恋に泣くようなこともない。ちょうどその最中にいる女の子たちと話していると、「うらやましいでしょっ」と言われているような気になって、勝手にカチンとしている自分がいたりして、それはそれでどっと疲れるのだった。

じゃあ一体、わたしはどうしたいというのだ？

あの時代に戻れるわけではないのだし、てくてく進んでいくしかあるまい。同じ歳の知り合いたちと集まっては、こういう状況をあーだこーだと語り合って笑い飛ばしている。楽しいこともそれなりにあるのだけれど、でも、ふいにさみしくなるのだった。

こんな気持ち、自分より若い人にはわかりっこなーい。

決めつけて切り離したくなるのだけれど、いやいや、わたし自身が30代の半ばに書いた川柳にこんなのがある。

さみしさはひとりでなんとかしなくては

あの頃のわたしもまた、どこからともなくやって来るさみしさに立ちつくすことがあったのだろう。

インタビューをめぐるアレコレ

インタビューを受けるのが下手である。質問に答えているうちに、かっこいいキーワードも入れたほうがいいのではないか？　というサービス精神と欲が出てきて、さほど思ってもいないことを口にしたりする。すると、どんどん辻褄《つじつま》があわなくなってきて、それを修正しようとすると、さっき言ったこととなんか違うなぁとあせり、もとに戻していくうちにおかしなことになっていく。通常、インタビューはあとで修正することができるのだけれど、わたしが変更しすぎたせいで、一生懸命、取材をしてくださったインタビュアーに対して申し訳なくなることもあるのだった。

インタビュアーといえば、軽い誘導尋問みたいになっている人もいる。こう答えてくれないと困る、という光線をビンビン感じるのである。特に、『結婚しなくていいですか。すーちゃんの明日』という漫画を描いてからは、結婚観について聞かれることが多く、

「結婚しなくても、ひとりで生きていけると思ったのはいつごろからですか？」

などと、サラ〜ッと聞かれたりすると、えええ〜っと思うのだった。

わたし自身は結婚しないとも言ってないし、ひとりで生きていけるとも言ってないのである。漫画とわたしは一心同体ではないのだった。

そもそも、登場人物と一心同体では漫画は描けない。同じ気持ちを共有する瞬間はたくさんあるけれど、描く側は漫画のすべてをもっと遠いところから見ているのである。

というわけだから、

「おひとりさまでも大丈夫と思うようになったのはどうしてですか？」

というような質問には戸惑ってしまう。毎度、答えにモゴモゴすることはわかっているので、そういう匂いがするインタビューからはできうる限り遠ざかっておくようにしているのだった。

あとがきにかえて

これを書いている
わたしは43歳です
43!!
43歳と書きたいから
あわててあとがきを
書いているんです
この本が出版に
なるころには
実は
44歳なんですよね
1歳でも若く思われ
たいんです
バラしちゃってる
けど〜
44歳って
もう
「40代半ば」って
グループですよね……
さらば!!
40代前半!!
でも、

でも、
本当は
わかっているんです
年齢を増やせる
その尊さ
同じ年頃の友人や
知人の訃報は
やるせない
なんで……
まだこんなに、
こんなに
若いのに
わたしが失ったと
思っている若さなど
実は、たいした
量ではないのです
うん

感じのいい人　Webマガジン幻冬舎　2011年11月1日号
少しですが食べてください。
　　朝日新聞「オトナになった女子たちへ」2011年11月12日
2泊の銀座缶詰　Webマガジン幻冬舎　2011年11月15日号
iPhone 4S　Webマガジン幻冬舎　2011年12月1日号
まわってきた役目　朝日新聞「オトナになった女子たちへ」2012年1月8日
お金のはなし　Webマガジン幻冬舎　2011年12月15日号
iPhone 4S パート2　Webマガジン幻冬舎　2012年1月15日号
プチ沈黙　Webマガジン幻冬舎　2012年2月1日号
加齢トーク　朝日新聞「オトナになった女子たちへ」2012年1月29日
久々の水中ウォーキング　Webマガジン幻冬舎　2012年2月15日号
気を晴らすスイッチ　Webマガジン幻冬舎　2012年3月1日号
同級生再会　朝日新聞「オトナになった女子たちへ」2012年2月19日
打ち合わせの後のぶらぶらタイム　Webマガジン幻冬舎　2012年3月15日号
ぼんやりの考え事　Webマガジン幻冬舎　2012年4月1日号
最近の悩み事　Webマガジン幻冬舎　2012年4月15日号
大切にしてもらった成分　朝日新聞「オトナになった女子たちへ」2012年3月11日
70歳になったとき　朝日新聞「オトナになった女子たちへ」2012年4月1日
よろしくお願いいたします！　Webマガジン幻冬舎　2012年5月1日号
母の字　朝日新聞「オトナになった女子たちへ」2012年4月22日
盛りだくさんの一日　Webマガジン幻冬舎　2012年5月15日号
大人失敗　朝日新聞「オトナになった女子たちへ」2012年5月13日
口に出して楽しむ　Webマガジン幻冬舎　2012年6月1日号
損得メモリ　Webマガジン幻冬舎　2012年6月15日号
両親への挨拶　朝日新聞「オトナになった女子たちへ」2012年6月3日
ふるいの網　Webマガジン幻冬舎　2012年7月1日号
未来の自分へ　朝日新聞「オトナになった女子たちへ」2012年6月24日
すーちゃん　まいちゃん　さわ子さん　Webマガジン幻冬舎　2012年7月15日号
痩せる努力　朝日新聞「オトナになった女子たちへ」2012年7月15日
雨がかかるお席　Webマガジン幻冬舎　2012年8月1日号
大人の楽しい将来　朝日新聞「オトナになった女子たちへ」2012年8月5日
いろんな世界を　Webマガジン幻冬舎　2012年9月1日号
あんなに苦手だったこと　朝日新聞「オトナになった女子たちへ」2012年8月26日
友達のタイプ　Webマガジン幻冬舎　2012年9月15日号
自分の性格　朝日新聞「オトナになった女子たちへ」2012年9月16日
さみしさの正体　Webマガジン幻冬舎　2012年10月1日号
インタビューをめぐるアレコレ　Webマガジン幻冬舎　2012年10月15日号

初出一覧

ほうれい線　朝日新聞「オトナになった女子たちへ」2011年５月15日
インタビュー後記　Webマガジン幻冬舎　2010年９月15日号
大阪弁のわたし　Webマガジン幻冬舎　2010年10月１日号
いっぱいあります。　Webマガジン幻冬舎　2010年10月15日号
交換会　朝日新聞「オトナになった女子たちへ」2011年６月５日
予定を入れないデー　Webマガジン幻冬舎　2010年11月１日号
ホスト役　Webマガジン幻冬舎　2010年11月15日号
深夜の自由時間　朝日新聞「オトナになった女子たちへ」2011年６月29日
バーバリーのトレンチコート　Webマガジン幻冬舎　2010年12月１日号
12月　Webマガジン幻冬舎　2010年12月15日号
アンアン　Webマガジン幻冬舎　2011年１月15日号
一番重要なこと　Webマガジン幻冬舎　2011年２月１日号
Ａコース　朝日新聞「オトナになった女子たちへ」2011年７月17日
言う場合、言わない場合、それとも　Webマガジン幻冬舎　2011年２月15日号
14歳×３回　Webマガジン幻冬舎　2011年３月１日号
大人扱い　朝日新聞「オトナになった女子たちへ」2011年８月７日
静かにしておこう　Webマガジン幻冬舎　2011年３月15日号
生活を見直す　Webマガジン幻冬舎　2011年４月１日号
目を覚ますとまた未知の一日　Webマガジン幻冬舎　2011年４月15日号
スーちゃん　Webマガジン幻冬舎　2011年５月１日号
ピンク・レディーと聖子ちゃん世代
　　朝日新聞「オトナになった女子たちへ」2011年９月18日
気になること土鍋篇　Webマガジン幻冬舎　2011年５月15日号
緑のカーテン　Webマガジン幻冬舎　2011年６月１日号
「なまいき」卒業　朝日新聞「オトナになった女子たちへ」2011年10月９日
100均で50円の2000円節約ヒット商品を買った日
　　Webマガジン幻冬舎　2011年６月15日号
ドーナツ屋さんにて　Webマガジン幻冬舎　2011年７月１日号
大人遊び　Webマガジン幻冬舎　2011年７月15日号
里帰り　朝日新聞「オトナになった女子たちへ」2011年８月28日
魅惑のホットケーキ　Webマガジン幻冬舎　2011年８月１日号
不マジメ適当人間　Webマガジン幻冬舎　2011年９月１日号
ある秋の夜　朝日新聞「オトナになった女子たちへ」2011年10月30日
うわーっきれい、すごい！　Webマガジン幻冬舎　2011年９月15日号
大人になって編み出したある方法　Webマガジン幻冬舎　2011年10月１日号
屋台で買い食い　朝日新聞「オトナになった女子たちへ」2011年11月20日
口に出さなくてもいいこと　Webマガジン幻冬舎　2011年10月15日号

本書は初出一覧の連載原稿に加筆修正した文庫オリジナルです。

幻冬舎文庫

●好評既刊

すーちゃん

益田ミリ

30代独り者すーちゃんは、職場のカフェでマネージャーに淡い恋心を抱く。そして目下、最大の関心事は自分探し。今の自分を変えたいと思っているのだが……。じわーんと元気が出る四コマ漫画。

●好評既刊

結婚しなくていいですか。

すーちゃんの明日

益田ミリ

このまま結婚もせず子供も持たずおばあさんになるの？　スーパーで夕食の買い物をしながら、ふと考えるすーちゃん35歳、独身。女性の細やかな気持ちを掬いとる、共感度１２０％の４コマ漫画。

●好評既刊

前進する日もしない日も

益田ミリ

着付けを習ったり、旅行に出かけたり。お金も時間も好きに使えて完全に「大人」になったけれど、時に泣くこともあれば、怒りに震える日もある。悲喜交々を描く共感度一二〇％のエッセイ集。

●好評既刊

47都道府県 女ひとりで行ってみよう

益田ミリ

33歳の終わりから37歳まで、毎月東京からフラッとひとり旅。名物料理を無理して食べるでもなく、観光スポットを制覇するでもなく。自分のペースで「ただ行ってみるだけ」の旅の記録。

●好評既刊

週末、森で

益田ミリ

森の近くで暮らす翻訳家の早川さんを週末ごとに訪ねてくる経理部ひとすじ14年のマユミちゃんと旅行代理店勤務のせっちゃん。仲良し３人組がてくてく森を歩く……共感度１２０％の四コマ漫画。

銀座《ぎんざ》缶詰《かんづめ》

益田《ますだ》ミリ

平成25年2月10日　初版発行
平成25年2月25日　2版発行

発行人——石原正康
編集人——永島賞二
発行所——株式会社幻冬舎
〒151-0051東京都渋谷区千駄ヶ谷4-9-7
電話　03(5411)6222(営業)
　　　03(5411)6211(編集)
　　　振替00120-8-767643
印刷・製本—株式会社　光邦
装丁者——高橋雅之

幻冬舎文庫

ISBN978-4-344-41982-7　C0195　ま-10-8

幻冬舎ホームページアドレス　http://www.gentosha.co.jp/
この本に関するご意見・ご感想をメールでお寄せいただく場合は、
comment@gentosha.co.jpまで。